# Der Teufel von Stockenfels

# Der Teufel von Stockenfels

Erzählung

von

Rolf Stemmle

1. Auflage, 2024

© 2024 Alle Rechte vorbehalten.

Rolf Stemmle

Herstellung und Verlag:

BoD - Books on Demand, Norderstedt

ISBN: 9783758369582

www.bod.de

info@bod.de


Titelbild:

Christian Greller


Covergestaltung:

Laura Kopold www.fotografie-lako.de

# 1.

München. Von dort aus über die A9 und die A93 nach Regensburg. An Regensburg vorbei bis zur Ausfahrt Teublitz. Anton bog nach rechts in die Landstraße Richtung Bruck. „Bis zum Schild Kuchenpfalter 1 km", hatte Markus gesagt. „Du musst durch ein Waldstück und über eine kleine Brücke, über den Kuchenpfalter Bach, dann siehst du schon das dunkelgrüne Haus. Das hebt sich kaum ab vom Wald dahinter."

Antons Sohn Markus hatte hier mit seiner Frau und den Kindern ein paar Urlaubstage verbracht. Die Pension sei, so Markus, ein idealer Ausgangspunkt für Wanderungen und Ausflüge, und sie böte das, was Anton jetzt vordringlich brauche: Ruhe.

Eine gute Wahl, dachte Anton, als er Blicke durch die Autofenster warf. Die Gegend war dünn besiedelt, dunkle Waldflächen zergliederten die Landschaft und schufen damit abgeschlossene Welten. Durch die Felder schlängelten sich schmale Wege, nur wenige davon waren asphaltiert. Hier und da saßen Krähen. Auch sie betrachtete Anton als Zeichen für Abgeschiedenheit.

Auf zwei Dinge konnte Anton dennoch nicht verzichten: einen Internetanschluss sowie ein Klavier. Dass er beides hier nutzen konnte, hatte er bei der telefonischen Zimmerreservierung geklärt. Die Pensionswirtin, eine Frau Feicht, hatte ihm zugesichert, ihr Sohn habe in eines der

Gästezimmer einen Internetanschluss gelegt. Dieses Zimmer könne er haben. Auf dem Speicher stünde zudem ein Klavier, auf dem er außerhalb der Nacht- und Mittagsruhe spielen dürfe.

Anton musste sich erholen. Dringend. Doch gleichzeitig hatte er eine Arbeit voranzubringen. Recherchen im Internet und Selbstversuche mit einem Onlinespiel waren hierfür erforderlich. Und er hatte ein neues Konzertprogramm einzustudieren. Schon in fünf Wochen würde er einen Künstlerfreund und Sänger bei einem Liederabend begleiten. Anton war kein Profi auf seinem Instrument, immerhin aber ein versierter Laienpianist. Im Musizieren sah er einen wohltuenden Ausgleich zum Betrieb an der Uni.

Früher als erwartet entdeckte Anton den Wegweiser: Kuchenpfalter 1 km. Er bremste stark ab und riss das Lenkrad herum. Die Aktion gelang. Der Audi steuerte auf die kleine Straße, die auf ein Waldstück zuführte. Der Morgennebel hing noch immer in den Wipfeln, obwohl die Uhr neben dem Tacho bereits 11:13 Uhr zeigte. Während der Fahrt auf der Autobahn war Anton nicht aufgefallen, wie schwer das nasskalte Novemberwetter auf die Landschaft drückte, doch nun, kurz vor dem Ziel, entwickelte er Aufmerksamkeit für die Natur und ihre Stimmung. Sie würde ihn durch die nächsten zwei oder drei Wochen begleiten, seine Befindlichkeit vielleicht sogar wesentlich beeinflussen, dachte er.

Wenige Meter vor dem Waldstück schossen drei Krähen auf. Sie überquerten im Tiefflug die Fahrbahn. Anton hatte sie nicht bemerkt. Sie hatten im verwachsenen Feldrain gesessen. Nur knapp entkamen die Vögel dem Wagen. Dann stießen sie in die Höhe und verschwanden hinter der Silhouette des Waldes.

Anton hatte wegen der Vögel nicht gebremst. Der Asphalt war feucht, und glitschige Blätter lagen darauf. Die Gefahr war zu groß gewesen, die Spur zu verlieren. Doch plötzlich stockte der Motor. Als würde eine unverwundbare Hand in kurzen Abständen in das Getriebe greifen. Anton erschrak und bremste den Wagen ab, bis er schließlich stand.

„Utzberg!", blitzte es in Antons Kopf. „Das war Utzberg!" Aber ihm war klar, dass es keine Beweise geben würde.

Er stieg fluchend aus und öffnete die Motorhaube. Ratlos verfolgte er den Verlauf der Schläuche und Kabel. Es fehlten ihm die nötigen Kenntnisse und Erfahrungen, um eine Ursache für die Störung ausfindig machen zu können.

Er blickte über die Straße und das Feld. Niemand war zu sehen. Es blieb ihm nichts anderes übrig, als den Wagen an den Straßenrand zu schieben, sodass er keine Gefahrenquelle und kein Hindernis darstellte. Dann versperrte er die Türen. Missmutig machte er sich zu Fuß auf den Weg. Bis nach Kuchenpfalter konnten es nur ein paar Minuten sein. Beim Marschieren zogen düstere Gedanken durch seinen Kopf.

So weit sei es also schon gekommen, dass Utzberg auf diese schäbige Weise gegen ihn vorging. Wäre die Sabotage auf der Autobahn wirksam geworden, hätte das den Tod bedeuten können! Utzberg hatte keine Moral, das wusste Anton schon immer. Er war rücksichtslos in allem, was er tat. Ganz besonders beim Wegdrängen des Konkurrenten.

Anton erreichte den geschotterten Hof der Pension. In einem geöffneten Holzschuppen, der das Grundstück auf der linken Hofseite begrenzte, befanden sich landwirtschaftliche Maschinen und Geräte. Vor dem Schuppen stand ein roter Opel. Das gegenüberliegende Pensionsgebäude war zweistöckig, vermutlich in den siebziger Jahren erbaut. Der dunkelgrüne Putz bröckelte an einigen Stellen von der Wand. Die Fenster glichen gläsernen, quadratischen Augen.

Aus dem Schuppen drang ein metallisches Schlagen. Anton ging hinüber, trat durch das Tor.

Hinter dem Traktor arbeitete an einer Werkbank ein etwa sechzigjähriger Mann. Mit einem kleinen Hammer klopfte er auf einen Amboss. Offenbar wollte er ein längeres Metallteil wieder brauchbar machen.

„Hallo!", rief Anton.

Der Mann unterbrach sofort seine Tätigkeit und sah auf. „Ja?" Er legte den Hammer und das Metallteil beiseite und wischte mit den Händen über den grauen Kittel.

„Ich bin Ihr Pensionsgast."

„Ah ja, der Herr Wiesmeier aus München, gell?"

„Ja, genau."

Der Mann kam vor den Traktor und bot Anton seine Hand. Anton schüttelte sie.

„Schön, dass Sie uns besuchen. Meine Frau zeigt Ihnen das Zimmer. Gehen Sie einfach hinein, die Tür ist offen."

„Ich habe noch ein Problem. Mein Auto steht ein paar hundert Meter von hier. Irgendwas war mit dem Motor."

Herr Feicht kratzte sich am Kopf. „Ja, so was. Ich hab mich schon gewundert. Normal kommt man hier mit dem Auto."

„Ja, eben", gab Anton zurück.

„Dann holen wir am besten den Kettele Udo. Der hat eine kleine Werkstatt, drüben in Fischbach."

Anton zog sein Smartphone aus der Hosentasche. „Wissen Sie die Nummer?", fragte er Herrn Feicht. Doch dann bemerkte er, dass das Gerät keinen Empfang hatte. „Gibt es hier kein Netz?", fluchte Anton. Seine Hände wurden feucht. „Ich muss doch telefonieren können!"

„Nana", lachte Herr Feicht. Er blieb gelassen. Ähnliche Reaktionen kannte er offenbar von anderen Gästen. „Der Empfang ist manchmal ein bisserl schlecht."

Anton steckt das Smartphone zurück.

„Wir haben ja noch das normale Telefon", schob Herr Feicht nach.

Anton unterdrückte seine Missstimmung. Er wollte hier auf dem Land weder anspruchsvoll noch hochmütig wirken. Und die Feichts seien ja herzensgute Leute, hatte sein Sohn gesagt.

Herr Feicht wies auf das Haus: „Fragen S' meine Frau."

Anton war es dringender, seinen Wagen zu bergen und die Reparatur in Gang zu bringen, als das Zimmer zu beziehen. Wenn er schon auf sein Smartphone verzichten musste, so wollte er wenigstens mobil bleiben. Und er befürchtete, dass Ortskundige waghalsig rasten und nicht mit Pannenfahrzeugen rechneten. Womöglich mitschuldig an einem Unfall zu sein, war das Letzte, was er jetzt gebrauchen konnte!

Frau Feicht, die in der Küche gerade einen Kuchenteig knetete, begrüßte ihren Gast mit allergrößter Liebenswürdigkeit. Sie telefonierte sofort über das Festnetz mit jenem Udo Kettele, der in einer halben Stunde vor Ort sein wollte.

Anton marschierte zurück zum Wagen.

Der Automechaniker traf zuverlässig und pünktlich ein. Anton hatte bereits die Motorhaube geöffnet, als er in einem älteren BMW-Sportwagen heranbrauste. Der Motor war hörbar getunt. Mit quietschenden Bremsen kam er einen Meter vor dem Pannenfahrzeug zum Stehen.

Ein etwa dreißigjähriger, hochgewachsener Mann sprang Anton entgegen. „Was kann ich helfen?", fragte er mit geübter Kundenfreundlichkeit.

Anton erzählte von seinem unerklärlichen Malheur.

„Wahrscheinlich die Benzinzufuhr", mutmaßte Udo Kettele. Dabei rückte er an seiner riesigen Hornbrille. Nachdem er einen Blick auf das Autokennzeichen geworfen hatte, bemerkte er: „Ah, Sie sind aus München."

„Ja, ich mache zwei oder drei Wochen Urlaub hier."

„Schöne Stadt, dieses München." Kettele schob seinen langen Oberkörper in den Motorraum und rüttelte an Metallteilen und Schläuchen. „Ich war schon mal am Oktoberfest. Die Museen muss ich mir erst noch ansehen. Habe ich aber fest vor."

Anton überlegte, ob er ihm die aktuelle Ausstellung in der *Kunsthalle München* empfehlen sollte, aber er ließ den Gedanken rasch wieder fallen.

Kettele verkündete ein erstes Resümee seiner Untersuchung. „Das ist alles ganz ordentlich." Dann fragte er: „Hat er das öfter?"

Anton verneinte. „Kann es auch sein", fuhr Anton zögernd fort, „dass jemand absichtlich …"

10

Kettele fixierte Anton verwundert: „Sabotage meinen Sie? Naja … möglich ist viel …"

Die Reaktion hatte Anton verunsichert. „Könnte ja mal sein, oder?"

Kettele kroch noch tiefer in den Motorraum, prüfte und bog sich dann wieder gerade. „Da ist nix zu sehen?" Er gab sich erkennbar Mühe, seine Verwunderung mit Kundenfreundlichkeit zu kaschieren. „Lassen S' mal an", bat er schließlich.

Anton setzte sich hinter das Steuer und steckte den Schlüssel in den Anlasser. Der Motor sprang sofort an.

„Hö! Geht ja!", rief Kettele.

Anton kam aus dem Wagen. „Grad vorhin …"

„Ja mei! So was hab ich schon öfter gehabt. Ich mach das Geschäft seit Jahren. Glauben Sie mir, da erlebt man einiges." Er schob seine Hornbrille zurecht. „Vielleicht war's ja auch ein Poltergeist." Er lachte kurz. „Dann haben wir's, oder?"

Anton entschuldigte sich vielmals, dass er ihn ohne Grund geholt hatte, und hielt ihm einen Zwanzig-Euro-Schein entgegen.

Kettele wehrte ab: „Passt schon." Während er zu seinem Sportwagen ging, bemerkte er noch: „Gäste sind uns allerweil willkommen. Wenn Sie mich mal wieder brauchen, ich hab meine Werkstatt in Fischbach." Er verschwand im Inneren. Der Motor heulte auf, und Kettele jagte davon.

Anton schlug die Motorhaube zu. Der Motor lief noch immer. Der Automechaniker hatte das Geld verweigert. Anton hatte dem hilfsbereiten Mann viel Zeit gestohlen. Grundlos. Er hätte ihm das Geld aufdrängen müssen, dachte er. Jetzt war es zu spät. Er konnte ihm unmöglich hinterherfahren. Das wäre albern gewesen.

Albern. Anton fühlte sich plötzlich albern. Der Fremde aus der Großstadt München hatte gleich bei seiner Ankunft gezeigt, dass er völlig unfähig war, praktische Probleme zu lösen. Schlimmer noch: dass er Probleme erzeugte, die es gar nicht gab. Falsch. Dieses Problem war lediglich nicht beweisbar. „Utzberg!" Utzberg musste den Motor manipuliert haben. Aber Utzberg fehlte es am nötigen Können! Die Sabotage war stümperhaft ausgeführt. Er atmete tief durch. Er hatte sein Auto wieder. Das erleichterte ihn, denn sein Audi war die beste Waffe gegen den schlechten Mobilfunk-Empfang, der hier herrschte.

## 2.

Ebenso wichtig: der Internetanschluss.

Frau Feicht wusste sofort Bescheid. Schließlich hatte er mit ihr seinen Wunsch vorweg am Telefon besprochen. Das betreffende Zimmer sei für ihn reserviert. Anton bedankte sich für die Zuverlässigkeit und ging hinauf.

Es entsprach seinen Vorstellungen: schlicht, aber gepflegt. Ein Bett, ein Schrank, ein Holztisch. Alle Möbel, hellbraun furniert, stammten wohl aus den siebziger oder achtziger Jahren. Die Wände waren mit einem hellgrün-weißen Streifenmuster tapeziert.

Anton drängte es, den Internetanschluss auszuprobieren. Seit gestern Abend hatte er keinen Blick in das Onlinespiel *monsterkiller* geworfen. Er wollte wissen, ob sich das Ranking durch seine Passivität gravierend verschlechtert hatte. Die ausführlichen Studien zu seinem Aufsatz hatten zu einer guten Position geführt, die er keinesfalls verlieren wollte.

Er rückte rasch den Holztisch an das Fenster. Er sollte ihm als Schreibtisch dienen. Dabei verschaffte er sich einen kurzen Eindruck von der Aussicht. Die Rückseite des Hauses war einem Waldstück zugewandt. Dazwischen erstreckte sich eine schmale Wiese, auf der die Pensionswirte zwei Ziegen hielten. Sie lagen faul im Gras.

Die Ungeduld und die Neugier trieben ihn voran. Er brachte die Toilettentasche in das kleine Badezimmer, verstaute Jacken, Hosen und Wäsche. Endlich holte er seinen Laptop aus dem Koffer, verlegte das Stromkabel und schaltete ihn an. Dann suchte er das Internetkabel. Er fand die Wandbuchse. Das Kabel war angeschlossen und steckte, in weite Schlingen gerollt, hinter dem Kleiderschrank. Anton führte es zu seinem Laptop. Aber es wurde keine Netzverbindung angezeigt. Anton zog den Wandstecker, drückte ihn nochmals in die Buchse, rüttelte daran. Doch nichts geschah. Hastig fuhr er auf, um zu Frau Feicht zu gehen. Der üble Verdacht, dass man ihn betrogen hatte, stieg in ihm auf. Es gab hier kein Internet! Man hatte ihm wohl nur einen Internetzugang versprochen, damit er nicht zu einer Konkurrenz-Pension abwanderte.

Auf dem Weg nach unten zügelte er sich. Immerhin hatte er im Zimmer tatsächlich ein Kabel vorgefunden. Der Gedanke machte ihm Hoffnung. Also war ja offenbar die nötige Infrastruktur vorhanden. Nur das Signal fehlte.

Frau Feicht war noch immer in der Küche beschäftigt. Sie spülte Geschirr.

„Kann es sein, dass das Internet nicht funktioniert?", hielt er ihr vor. Er bemühte sich, entspannt und höflich zu wirken.

Frau Feicht blieb ruhig. „Ganz bestimmt geht das! Ganz bestimmt! Ich hab mit meinem Sohn alles ausführlich besprochen. Nur den Knopf am Kasterl im Keller muss man noch drücken."

„Ach so", gab Anton zurück. Die Bemerkung, warum das nicht längst geschehen sei, verbiss er sich.

„Ich sag meinem Mann Bescheid. Der ist in zehn Minuten wieder da. Er ist nur schnell zum Nachbarn."

„Kann ich nicht rasch …“, schlug Anton vor.

„Das wär meinem Mann nicht recht. Technik ist seine Sache.“

„Ach so“, sagte Anton entwaffnet. „Ja, dann warte ich oben.“

Zehn Minuten. Für Anton dauerten die zehn Minuten eine Ewigkeit. Er starrte auf den Bildschirm und die Meldung: „Fehler: Server nicht gefunden“. In kurzen Abständen führte er den Mauszeiger zum Aktualisierungssymbol, probierte, ob die Startseite von *monsterkiller.de* endlich geladen werden konnte, doch die Fehleranzeige blieb beharrlich. Schließlich stand er auf, ging hinaus auf den Flur und blickte durch ein kleines Fenster in den Hof, hinüber zum Schuppen. Der rote Opel fehlte. Herr Feicht war also immer noch beim Nachbarn. „Was, zum Teufel will er nur so lange beim Nachbarn!“, fluchte Anton in sich hinein.

Das Fenster war geschmückt mit einer Blumenampel. Eine penibel gepflegte Pflanze schwoll in sattem Grün vor Antons Augen. Anton begann, das Kraut zu hassen, als trage es die Schuld für dieses Warten. Es hatte keinen Sinn, zurück an den Laptop zu gehen. Bevor Herr Feicht nicht heranfuhr, ausstieg und zum „Kasterl“ im Keller ging, gab es kein Internet. Anton verharrte hinter der Grünpflanze und observierte den Hof.

Seine Gedanken wanderten zu Utzberg. Klemens Utzberg. Anton hatte sich nichts vorzuwerfen. Was er getan hatte, war gerecht. Doktor Hummel würde ihm jetzt vielleicht widersprechen. „Herr Wiesmeier, Sie müssen aufpassen, dass Sie nicht überreagieren. Sie wissen, Sie neigen manchmal dazu“, hatte er gesagt. Aber das war lange her.

„Kommen Sie sofort, wenn Sie das Gefühl haben, Sie verlieren die Kontrolle über sich." Anton hatte über Monate hinweg keinen Anlass gesehen, einen neuen Termin zu vereinbaren. Er hatte sich ja unter Kontrolle. Und seine Reaktion auf die Attacke von Utzberg war keine „verlorene Kontrolle", sondern eine angemessene und natürliche Reaktion gewesen.

Klemens Utzberg war wie Anton Professor am Lehrstuhl für Soziologie an der Uni München. Anton galt als Nachfolger des Dekans, immerhin bekleidete er bereits seit vier Jahren das Amt des Prodekans. Doch Klemens Utzberg hatte kürzlich eine Studie über Zukunftsvisionen von Jugendlichen veröffentlicht, die in Fachkreisen große Resonanz und Anerkennung ausgelöst hatte. Seitdem wurde Utzberg von einigen Kollegen und Studenten offen bevorzugt. Diese Entwicklung beunruhigte Anton. Dennoch vertraute er auf die Unterstützung der Kollegenmehrheit.

Anton fand die Ergebnisse von Utzbergs Studie fragwürdig. Er bezweifelte, dass die Datenerhebungsmethode wissenschaftlichen Standards entsprach. In einem Gespräch unter vier Augen hatte er Utzberg seine Zweifel dargelegt. Zu einer öffentlichen Kritik allerdings hatte er sich nicht entschließen können. Aus Feingefühl. So jedenfalls begründete er seine Untätigkeit vor sich selbst. In Momenten, in denen er schonungsloser mit sich selbst verfuhr, gestand er sich ein, dass er lediglich den Arbeitsaufwand, der für eine solche Attacke erforderlich gewesen wäre, scheute.

Utzberg hingegen griff rücksichtslos an.

Antons Aufsatz „Virtualisierung des Alltags am Beispiel des Onlinespiels *monsterkiller*" war vor einem halben Jahr im Fachmagazin *Soziologie aktuell* erschienen. Im Kern wollte Anton darin am Beispiel des Onlinespiels die Gefahren für das soziale Gefüge prognostizieren.

Wenige Wochen später veröffentlichte Klemens Utzberg in einer anderen Fachzeitschrift einen Artikel, in dem er versuchte, Antons fachliche Integrität zu zerstören. Seine Herangehensweise war intelligent, sein Text wirkte, wenn man nicht im Thema drinsteckte wie Anton, durchaus schlüssig und überzeugend. Jene Kollegen, die Anton bereits kritisch gegenüberstanden, ließen sich auch prompt dadurch bestärken.

Utzbergs Verhalten war niederträchtig. Er hatte eine Axt in ein Regal mit Porzellan geworfen. Aus purer Karrierelüsternheit!

Der Konflikt zwischen Anton und Utzberg verschärfte sich. Sie sprachen nur noch über organisatorische Dinge. Private Themen vermieden sie, erst recht die fachlichen, die Reibungspunkte enthielten.

Irgendwann fing Utzberg an, Anton auch im persönlichen Umgang zu provozieren. Auf völlig unterschiedlichen Ebenen. Ein Außenstehender mochte in den Vorkommnissen nichts Auffälliges bemerken, aber Anton nahm die böse Absicht wahr, die dahintersteckte. Er ganz allein.

Als ein Teil der Kollegenschaft nach einer Fakultätssitzung in die Mensa ging, schnappte sich Utzberg die letzte Schale mit Pommes frites von der Ausgabetheke, obwohl er sonst niemals welche aß; Anton hingegen häufig. Utzberg belegte Antons bevorzugten Seminarraum, ohne Notwendigkeit und ohne sich mit Anton abzusprechen. Bald darauf verschmierte Utzberg das Türschild von Anton. Niemand hatte es gesehen, aber Anton war davon überzeugt, Utzbergs Handschrift zu erkennen. Die Blumen im Vorgarten von Antons Haus verwelkten, ohne dass ein Grund auszumachen gewesen war. Antons Mensacard verschwand.

Schließlich begegneten sich die beiden im Lesesaal der Bibliothek. Anton tippte an einem Arbeitstisch wichtige Daten in seinen Laptop. Utzberg lief vorüber, musste einem Studenten ausweichen und streifte mit seinem Laptop, den er unterm Arm trug, den Bildschirm von Antons Computer. Dieser wurde durch den Stoß um mehrere Zentimeter verschoben. Anton explodierte. Mit rotem Kopf fuhr er auf und schrie: „Lass mich in Ruhe, du Aasgeier!" Die übrigen Nutzer der Bibliothek blickten auf. Im Lesesaal fiel gewöhnlich kein lautes Wort. Anton stürzte auf Utzberg, riss dessen Laptop an sich und schleuderte ihn über zwei Tische hinweg. Beim Aufschlagen klappte er auf, das Bildschirmglas zerbrach, die Tastatur sprang aus dem Gehäuse. Die Festplatte blieb weitgehend unbeschädigt. Zumindest konnte ein Spezialist alle Daten retten.

Das Verhältnis der beiden war ab diesem Vorfall unwiederbringlich zerstört. Der Dekan ordnete an, Anton möge sich für ein Monat von einem Assistenten vertreten lassen, Erholung und Ablenkung suchen sowie ärztlichen Rat einholen.

Die erste Auflage musste er umsetzen, dazu hatte ihn der Dekan gezwungen. Auf die Erfüllung der zweiten bestanden Katja und sein Sohn. Über die dritte wollte sich Anton hinwegsetzen. Er kannte die Ratschläge von Dr. Hummel! Er wusste, dass er seinen Wutausbruch gegenüber Utzberg verstehen würde.

Es genügte also, selbst die Dinge in die Hand zu nehmen und einen eigenen Therapieplan zu erstellen. Anton musste Abstand erzeugen und seine Souveränität zurückgewinnen. Den Kampf gegen Utzberg konnte er nicht aufgeben, aber er musste ihn klüger und effektiver führen. Wer schreit und unkontrolliert handelt, bringt sich schnell in ein schiefes Licht. Das war Anton klar. Er musste also hier in diesem Urlaubsort zur Ruhe kommen und mit den Mitteln seines Intellekts zurückschlagen. Er wusste, es würde nicht leicht werden, das Blendwerk, das Utzberg in seinem Gegenartikel entfaltet hatte, mit messerscharfer Beweisführung zu enttarnen. Das bedeutete konzentrierte Arbeit. Aber er würde es schaffen!

Doch dazu benötigte er einen Zugang zum Onlinespiel *monsterkiller*!

Anton starrte noch immer in den Hof. Herr Feicht ließ auf sich warten. Die zehn Minuten waren längst vorbei.

Im oberen Stockwerk ging eine Tür. Vermutlich kam im nächsten Moment ein anderer Gast die Treppe herab. Anton wollte niemandem begegnen. Er verschwand rasch in seinem Zimmer.

Das Warten zwang ihn zur Untätigkeit. Er trat ans Fenster und betrachtete die Ziegen in ihrem Gehege. Sie standen jetzt am rückwärtigen Zaun und schauten über die Wiese. Die Feuchtigkeit glänzte auf den Gräsern. Die Bäume und Sträucher des anschließenden Waldstückes waren so dicht zusammengewachsen, dass kaum Licht einfallen konnte. Das Pflanzengeflecht wirkte wie eine graubraune Mauer. Nur Tieren war es wohl möglich, in diese Welt einzudringen.

Anton gefiel der Gedanke, in eine solch unzugängliche, ja abweisende Landschaft geraten zu sein. Er hatte nicht vor, Erkundungsausflüge zu unternehmen. Allenfalls Spaziergänge. Und auch nur, wenn das Arbeitspensum, das er sich für den jeweiligen Tag vorgenommen hatte, erledigt war.

Er beneidete die Ziegen um ihre Lebensweise. Nichts trieb die Tiere dazu, einen Plan zu erfüllen. Sie kannten keine Uhr, niemand belagerte sie mit Erwartungen. Unter ihren Beinen wuchs das Futter, mit dem sie sich nach Gutdünken satt essen konnten. Um den Rest kümmerten sich ihre Eigentümer. Es tat Anton wohl, ihre Gleichmütigkeit zu studieren. Vielleicht würde es ihm ja gelingen, in den kommenden Tagen von ihnen zu lernen.

In seinem Kopf hörte er seine Kollegen diskutieren. „Der Aufsatz hat gute Ansätze", sagte Kollegin Zobel, „aber da sind wir heute in manchen Punkten weiter." Kollege Heizer meinte: „Sie müssen alles noch mal in Ruhe überdenken." Anton stellte sich vor, die Kollegen seien abstruse Waldgeister, entstellt und lächerlich. Allen voran Utzberg. Man musste dieses Nörgeln nicht ernst nehmen.

Anton schüttelte den Kopf, als wolle er die Gedanken davonschleudern. Und plötzlich bemerkte er zwischen dem Palaver betörende Stille. Sie drückte auf seine Ohren. Er konnte das Schlagen seines Herzens hören.

Diesen Zustand hatte er seit Wochen herbeigesehnt. Endlich war er da. Anton war völlig abgeschieden. Er verharrte und genoss den Eindruck.

Es klopfte an der Tür. Herr Feicht stand davor. „Jetzt müsste es gehen", sagte er.

„Ah, ja", antwortete Anton. Er bedankte sich, Herr Feicht ging davon.

Anton hastete zu seinem Laptop. Seine Hände zitterten. Als er jetzt den Aktualisierungs-Button anklickte, verschwand die Fehleranzeige. Einige Elemente seiner Startseite wurden sichtbar. Über die Favoritenleiste rief er *monsterkiller* auf.

Der Browser begann, die Seite aufzubauen. Sie färbte sich zunächst schwarz. Erst nach einiger Zeit erschien eine gezeichnete mittelalterliche Festungsanlage. Ihre Türme und Mauern wirkten so wuchtig, dass sie der Betrachter sofort in einer sagenhaften Spielwelt ansiedelte. Dann legte sich der Name des Spiels darüber: *monsterkiller*. Geschrieben mit einem blutroten Schriftzug. Lange passierte nichts. Schließlich fügte sich unterhalb der Festung folgender Text hinzu: „Niemand hat den Schatz von König Gribion bislang gesehen, aber alle trachten danach. Er wird von schrecklichen Monstern bewacht. Wähle die geeigneten Waffen!"

Anton wartete auf den fanfarenartigen Jingle, der beim Öffnen der Startseite ertönen musste. Ohne ihn war der Einstieg nicht vollständig. Er gehörte zum Spiel wie die Titelmusik zu einer TV-Serie.

Anton starrte auf den Bildschirm. Wo blieb er? Ja, der Lautsprecher war aktiviert.

Dann, endlich, erklang der Ruf der elektronischen Fanfaren.

Nun gab Anton seinen Benutzernamen ein: hoehlenzauberer60, anschließend das Passwort. Wieder verging viel Zeit, bis die Daten weiterverarbeitet waren und das Feld seines Nutzerkontos erschien sowie die Waldhöhle sichtbar wurde, die er im Virtuellen besaß. Seine Figur, der Wald-magier Doron, lebte darin. Er klickte Doron an. Die Figur in blassgrauem Mantel, bewaffnet mit einer Lanze aus funkelndem Stahl, kam nur schleppend in Gang. Anton tippte mehrmals auf das Touchpad seines Notebooks. Da die Figur stark verzögert reagierte, klopfte er immer hefti-ger. Sie sprang schließlich etwas weiter, ohne jedoch in einen flüssigen Bewegungsablauf zu kommen.

Anton fluchte. Es gab nichts zu beschönigen! Die Pen-sionswirte hatten ihm einen funktionierenden Internetan-schluss versprochen! Dieser hier war eine absolute Katast-rophe! Er war ein Nadelöhr, durch das nur ein lächerlicher Datenstrom schlüpfen konnte. An ein Spiel in Echtzeit war nicht zu denken! Anton resignierte und loggte sich aus. Erst nach einer langen Zeitspanne ließ sich das Spiel beenden. Anton klappte das Notebook zu, verärgert und ratlos, weil unter diesen Umständen effektive Studien unmöglich waren.

Er lief hinunter in das Erdgeschoss, riss die Haustüre auf. Der Platz vor dem Schuppen war leer. Herr Feicht war schon wieder weggefahren!

Also erwartete er eine Erklärung von Frau Feicht. Er klopfte an die Küchentür. Sie rief „herein".

Frau Feicht stand noch an der Spüle und rieb gerade eine Pfanne trocken.

„Der Internetanschluss ist eine Katastrophe!"

Frau Feicht sah ihn wortlos an.

Jetzt erst fasste sich Anton. Das verwunderte, hilflose Gesicht der Pensionswirtin machte ihm klar, dass er sie nicht für das falsche Versprechen verantwortlich machen

22

konnte. Und Herrn Feicht ebenfalls nicht. Sie waren beide viel zu unkundig!

„Das tut mir sehr leid!", sagte Frau Feicht. „Geht er nicht?"

„Doch, er geht schon. Aber er ist viel zu langsam."

„Aha." Dass ein Internetanschluss unterschiedliche Tempi haben konnte, ließ sie staunen.

„So eine lahme Ente dürfen Sie nicht anpreisen!"

Dieser Vorwurf bestürzte Frau Feicht. Sie wedelte mit ihrem Trockentuch und rief: „Da reden Sie am besten mit meinem Mann. Oder noch besser: mit meinem Sohn. Der macht das! Am Abend können wir ihn anrufen. Der ist jetzt auf der Arbeit. Und am Freitag ist er da. Übers Wochenende."

Anton bedankte sich mit unterdrücktem Zorn für die Auskunft.

Was sollte er jetzt tun? Ein Telefonat mit dem Sohn wäre sinnlos! Er würde kaum den Anschluss aufrüsten können. Anton musste sich sammeln.

„Gibt es in der Nähe eine Wirtschaft?", fragte er. Anton hatte seit dem Frühstück nichts gegessen.

Frau Feicht war froh, eine hilfreiche Antwort geben zu können: „Schaun Sie doch rüber zum *Schottenstein*. Ob Sie um diese Zeit was Warmes kriegen, weiß ich nicht. Aber was Kaltes macht Ihnen die Conny bestimmt." Sie erklärte, wie Anton über die Feldwege gehen musste. Es sei ein Traditionswirtshaus, fügte sie hinzu, und eigentlich nur den Einheimischen bekannt. Das Bier sei gut und die Küche passabel.

## 3.

Anton spazierte über glitschige Feldwege zu einer winzigen Siedlung. Der Weg mündete an deren Rand in eine schmale Teerstraße, welche die Siedlung mit der übrigen Welt verband. Zunächst führte die Straße vorbei an einem Bauernhof. Viele Generationen hatten ihn wohl bewirtschaftet. Landmaschinen standen im Hof. Das Haus war eingerahmt von einem gepflegten Blumen- und Kräutergarten. Gegenüber reihten sich drei Einfamilienhäuser aneinander. Auch sie waren von üppigen Gärten umgeben. Die kleine Straße endete auf dem Vorplatz des Gasthauses. Das zweistöckige Gebäude war alt, erkennbar vor vielen hundert Jahren erbaut. Womöglich diente es ursprünglich als Poststation oder zumindest als Herberge für Reisende, mutmaßte Anton. Das hohe Dach wirkte, als wolle es das Darunterliegende erdrücken. Über der niedrigen Eingangstür war eine Holztafel angebracht: *Zum Schottenstein*. Neben der Tür vermittelte eine Tafel die Information: „Urkundlich erwähnt erstmals 1520, benannt nach dem damaligen Burgherrn von Stockenfels, dem Raubritter Kunz Schott von Schottenstein."

Anton las aufmerksam die Erläuterung. Der Spaziergang hatte ihn etwas entspannt. Da ihn geschichtliche Zusammenhänge interessierten, freute er sich, an einen solch historischen Ort gekommen zu sein.

Der Wirtsraum hätte eine bezaubernde Atmosphäre vermitteln können, denn die Wände der kleinen Stube waren geschmückt mit einer urtümlichen Vertäfelung, und die Holzbohlen hingen so gewichtig von der Decke, dass man unwillkürlich den Kopf einzog. Eine Ecke wurde ausgefüllt von einem Kachelofen. Er mochte nicht sonderlich wertvoll sein, schien aber bereits seit dem Barock den Raum mit milder Wärme zu beheizen. Doch niemand gab sich Mühe, den Charme dieser baulichen Schätze zu nutzen. Im Gegenteil: Die Vertäfelung war zerfurcht und mit Werbeaufklebern verunstaltet. Ein Kabelstrang verlief entlang der Oberkante und mündete in die Rückseite einer unscheinbaren Kommode mit einem Flachbildschirm. Um die hellbraunen, schmucklosen Tische standen ebensolche Stühle. Der Raum wurde beherrscht von einer überdimensionierten Schanktheke samt grellem Brauerei-Emblem auf der Zapfsäule.

Der Wirtsraum war menschenleer. Die Tür hinter der unbeleuchteten Schanktheke, die zur angrenzenden Küche führte, war nur angelehnt. Ein Radio spielte Schlagermusik.

Antons Blick blieb, nachdem er sich einen Eindruck verschafft hatte, an dem Kabelstrang haften. Vielleicht war ja ein Internetkabel dabei, dachte er.

Er setzte sich an den Tisch bei der Kommode. Gäbe es in der Stube einen Anschluss, hätte er bereits einen Platz in dessen unmittelbarer Nähe. Dieser Gedanke wühlte ihn auf. Da niemand auf seine Ankunft reagierte, ging er nach einer Weile zur Theke und beugte sich Richtung Küchentür. „Hallo!", rief er mit höflichem, aber doch nachdrücklichem Tonfall.

„Ja, gleich!" Eine Frau hatte geantwortet.

Der Klang der Stimme bewegte Anton. Aber er wusste nicht, weshalb. Er wartete an der Theke. Die Neugier hielt ihn fest. Dann aber riss er sich los. Er kehrte zurück zum Tisch und fixierte die Küchentür.

Endlich kam eine junge Frau herein. Sie trug Jeans sowie einen grünen Strickpullover. Die Ärmel hatte sie zurückgeschoben. Ihre blonden Haare waren zu einem kurzen Zopf zusammengebunden.

Ihre Erscheinung verwirrte Anton. Hätte ihre Stimme nicht eine solch ungewöhnliche Wirkung erzeugt, wäre er enttäuscht gewesen. Sie war hübsch, doch zugleich auch unscheinbar. In ihren Bewegungen aber zeigte sich ein markanter Charakter. Sie schien, Entschlusskraft und Durchsetzungsvermögen zu besitzen. Und trotzdem ließ sie eine verführerische Zärtlichkeit erahnen.

Vermutlich hieß sie Conny. Frau Feicht hatte diesen Namen genannt. Sie brachte eine Speisekarte, eingeheftet in eine abgegriffene Plastikmappe. Auf der Vorderseite prangte das grelle Brauerei-Logo. Die Hand, die sie Anton mit der Karte entgegenstreckte, fesselte Antons Blick. Sie war fein und schlank.

„Warmes kann ich Ihnen jetzt nicht machen", sagte sie einleitend. „Brotzeiten. Kuchen ist noch da. Höchstens eine Suppe."

Wie es Anton erahnt hatte: Sie wirkte forsch. Aber ihre direkte, selbstbewusste Art hatte nichts Unangenehmes. Anton dachte nicht daran, gegen den vorgegebenen Rahmen aufzubegehren. Im Gegenteil. „Können Sie mir ein Wurstbrot machen? Ein einfaches Wurstbrot", bat er, ohne die Karte anzurühren. „Und ein großes Wasser."

„Alles klar", antwortete die Frau und verschwand in der Küche.

Anton verschränkte die Arme und lehnte sich zurück. Er hatte nichts dabei außer seiner Geldbörse und seinem Smartphone. Das hatte er mitgenommen, in der Hoffnung, auf Netzempfang zu stoßen. Doch auch hier zeigte sich am Display das kleine Warnsymbol.

Er horchte auf die Geräusche in der Küche. Was machte sie gerade? Wie bewegte sich dazu ihre Gestalt?

Die Wirtin brachte das Wasser. Lächelte unverbindlich und ging zurück in die Küche. Es war ein kurzer Auftritt. Äußerlich belanglos, doch für Anton eine Bestätigung, dass diese Frau etwas Sonderbares vermittelte.

Hatte er sich verliebt? Auf den ersten Blick? Anton wollte den Gedanken nicht zulassen. Er war mit Katja verheiratet. Glücklich. Und auch die Wirkung, die von dieser fremden Frau ausging, war für ihn keineswegs eindeutig.

Aber es war viel zu früh, derartige Spekulationen anzustellen. Anton kannte sie erst seit wenigen Minuten. Wer konnte seine eigenen Gefühle nach so kurzer Zeit richtig beurteilen?

Der Internetanschluss war vordringlich. Zuallererst musste er sich darum kümmern, ermahnte er sich.

Um sich abzulenken, zog er eine Zeitschrift aus einem Regalfach im oberen Teil der Kommode. Die Ausgabe war drei Wochen alt. Das Meiste sei immer noch interessant, dachte Anton. Er begann, das Heft durchzublättern, ohne bei einem Artikel hängen zu bleiben. Dazu fehlte ihm die Geduld. Es genügte ihm, die Fotos zu betrachten und einige Headlines und Bildunterschriften mitzunehmen.

Sie kam zurück und servierte das Wurstbrot.

Anton überwand sich: „Darf ich Sie was fragen?"

„Ja, was?"

„Ich bin Feriengast drüben bei den Feichts, bin aber auf einen einigermaßen breitbandigen Internetanschluss angewiesen. Haben *Sie* zufällig einen?" Das „zufällig" war ihm sofort peinlich, weil die Wirtin jetzt meinen konnte, er hielte sie für so technisch rückständig wie seine Pensionswirte.

Die Wirtin schaute überrascht. Sie war es wohl gewöhnt, die Fragen von Feriengästen und Wanderern zu beantworten und Wegstrecken zu beschreiben. „Ja, da gleich hinterm Fernseher ist einer. Man kann mit dem Fernseher auch Internetkanäle anschauen, also wird es schon für ihre Zwecke reichen."

Anton freute sich. „Dürfte ich den gelegentlich benutzen? Ich zahle natürlich dafür."

„Da brauchen Sie nichts dafür zahlen. Ich hab eine Flatrate, und Sie trinken ja auch was."

„Das ist nett! Ich komme dann auch regelmäßig zum Essen herüber."

„Ist schon recht."

Die Wirtin ging davon.

Anton zog den Teller mit dem Wurstbrot heran. Die Freude machte ihm Appetit. Er hatte Zugang zu einem leistungsfähigen Internetanschluss. Und er konnte weiter diese Frau studieren. In seine Freude mischte sich diffuse Angst.

Anton scheute sich, sofort den Anschluss auszuprobieren. Anderseits drückte die Neugier, endlich zu erfahren, ob sich sein Spiellevel bedrohlich verschlechtert hatte. Je länger er die nächste Runde hinausschob, desto mehr würde er im

Ranking zurückfallen. Doch er zwang sich zur Arbeit im Pensionszimmer. Er las nochmals seinen Aufsatz und den Artikel von Utzberg, machte sich Notizen zu den Passagen, die Gegenstand seiner Erwiderung werden mussten. Dann hielt er einen Nachmittagsschlaf, wobei an Schlaf nicht zu denken war. Die Unruhe jagte beständig Gedankenfetzen durch seinen Kopf. Er wollte hier zu sich kommen, seine berufliche Situation reflektieren und die nötigen Schritte vorbereiten, insbesondere stark auf Utzbergs Angriff reagieren. Das würde ihm gelingen! Er wusste, er konnte sich diesbezüglich auf sich verlassen. Aber die Gegenwart dieser Frau, dieser Wirtin Conny, war eine zusätzliche Herausforderung, mit der er sich auseinandersetzen musste. Was löste sie in ihm aus? Wie sollte er damit umgehen? Er beschloss schließlich, der Vernunft den Vorrang zu geben und ihre unergründliche Wirkung zu ignorieren. Das war er Katja schuldig. Und er war hier, um sich zu sortieren, und nicht, um neue Spannungsfelder zu eröffnen.

Schon am frühen Abend saß Anton wieder auf „seinem" Platz im *Schottenstein*. Er hatte ihn so unmittelbar angesteuert, als sei er bereits sein Stammplatz.

Noch bevor die Wirtin die Bestellung aufnahm, hatte er das Stromkabel eingesteckt und das Internetkabel aus dem Flachbildschirm gezogen und zu seinem Computer geführt.

Sein Eifer, endlich den Browser zu öffnen, wurde unterbrochen. Die Wirtin hielt ihm die Speisekarte entgegen. Anton betrachtete wieder die schlanke Hand. Doch er ermahnte sich, seinen Vorsatz zu beachten.

„Ich hoffe, es ist Ihnen recht, dass ich meinen Laptop angesteckt habe."

„Ja, klar", antwortete die Wirtin. „Haben wir ja so ausgemacht."

„Danke. Ein Bier, bitte."

Die Wirtin wechselte zum einzigen weiteren Gast: einem alten Mann, der vor einem leergetrunkenen Glas Weißbier hockte und lediglich durch kurzes Nicken zu erkennen gab, dass er ein zweites haben wollte.

Anton warf einen Blick in die Speisekarte. Es waren nur wenige Gerichte aufgelistet. „Ein Schnitzel!", rief er.

Der Browser öffnete sich rasch. Anton atmete auf. Er startete *monsterkiller*. Der Fanfaren-Jingle dröhnte durch den Wirtsraum. Anton schaltete sofort den Lautsprecher stumm, aber er war erleichtert, ihn gehört zu haben.

Es war höchste Zeit, wieder aktiv zu werden. Die unüberschaubare Gemeinde der Mitspieler hatte während der vergangenen Stunden eifrig Punkte gesammelt und Anton zurückgeworfen. Er musste auf die Jagd gehen, Schätze und Goldtaler erringen.

Seine Figur, der Waldmagier Doron, ließ sich ohne Schwierigkeiten steuern. Die Qualität der Internetverbindung war also hervorragend. Er sandte Doron auf den *Pfad der Finsternis*, auf dem er viele Kämpfe würde bestehen müssen. An dessen Ende wartete Hyraklon, das schwarze Megamonster. Könnte er diesen Feind besiegen, würde er eine Lanze mit einer Klinge aus purem Licht gewinnen. Mit dieser Waffe würde sich jeder Kampfgegner schon aus großer Entfernung verglühen lassen!

Das Spiel nahm ihn gefangen. Nebenbei verspeiste er das Wiener Schnitzel, immer bereit, mit der rechten Hand auf das Touchpad zu tippen.

Erst nach dem zweiten Glas Bier loggte er sich aus. Er musste endlich eine E-Mail an Katja schicken. Seine Frau war für eine Woche zu ihrer Tochter aus erster Ehe nach Mailand gereist, danach wollte sie einer Freundin bei der Eröffnung einer Boutique zur Seite stehen – beides parallel zu Antons Arbeits- und Erholungsurlaub hier in der Oberpfalz. Jeden Tag wollten sie sich schreiben.

Im elektronischen Briefkasten lag ihre erste Mail. Katja war gestern abgeflogen und inzwischen bei ihrer Tochter angekommen. Sie beschrieb den Flug und die Begrüßung.

Anton gab sich Mühe, adäquat zu antworten. Katja hatte ihm in den zurückliegenden Tagen liebevoll geholfen. Sie verdiente seine Aufmerksamkeit. Zugleich wollte er ein Bollwerk aufbauen gegen die Faszination, die von der Wirtin ausging. Er musste diese Faszination abwehren.

Es war schwierig, die Zeilen zu füllen. Anton hatte nicht viel zu erzählen. Mit ausgeschmückten Formulierungen berichtete er, dass er ebenfalls sein Reiseziel gut erreicht habe und noch damit beschäftigt sei, sich in der Umgebung zurechtzufinden. Ablenkung gebe es hier kaum. Was aber nützlich sei. Morgen werde er ganz gewiss mit der Niederschrift seiner Erwiderung beginnen.

Er schloss alle Programme und ließ das Betriebssystem herabfahren. Dann zog er die Kabel. Es war noch ein Rest im Bierglas. Nichts drängte, also holte er eine Zeitschrift aus dem Kommodenfach. Versehentlich riss er dabei ein kleines braunes Buch mit herab. Er hob es auf und steckte es zurück. Dabei las er den Titel: „Stockenfels". Er überlegte. Der Begriff war ihm heute bereits begegnet. Ja, er stand auf der Tafel neben der Eingangstür. Das Wirtshaus, in dem er saß, war benannt nach einem ehemaligen Burgherrn von Stockenfels.

Anton dachte darüber nicht weiter nach. Stattdessen durchblätterte er die Zeitschrift. Er überflog einige Überschriften, betrachtete flüchtig dieses und jenes Bild. Wenn die Wirtin in die Stube kam, verfolgte er ihre Handlungen. Er konnte nicht anders.

Der Wecker sollte während seines Urlaubs nicht sein Erwachen diktieren! Das hatte sich Anton geschworen. Es gab in dieser Pension auch kein Frühstücksbüfett, das zu einer festen Zeit abgeräumt wurde. Frau Feicht hatte ihm zugesichert, er könne jederzeit ein Marmeladenbrot oder ein Kuchenstück bekommen. Und Kaffee sei schnell gekocht.

Frau Feicht war zwar schon seit den ersten Morgenstunden im Erdgeschoss zu hören, und auch Herr Feicht hatte früh mit seinem Traktor Runden im Hof gedreht, ehe das Motorknattern in der Ferne verschwunden war. Aber das Ehepaar schien Verständnis dafür zu haben, dass sich ihr Gast ihrem Tagesrhythmus nicht anschließen mochte, und ließ ihn in Ruhe.

Anton schlief so lange, bis er das Gefühl hatte, sein Traum war zu Ende erzählt. Er war froh, dass er sich schon in dieser ersten Nacht so gut hatte entspannen können. Zuhause gelang ihm dies nur selten.

Nach dem Ankleiden holte er bei Frau Feicht Kaffee und eine dicke Scheibe des Hefezopfs, den sie gestern gebacken hatte. Damit stellte er sich ans Fenster seines Zimmers. Er aß und trank, gab seinen Gedanken die Freiheit, nach ihrem Wunsch durch seinen Kopf zu wandern. Dabei betrachtete er die beiden Ziegen, die wieder faul im Gras lagen und in eine Landschaft schauten, deren Aussehen nur das Wachstum, die Jahreszeit und das Wetter veränderte.

Der Vormittag sollte der Erholung gewidmet sein. Er wollte sich nicht mit seinem Aufsatz befassen. Gestern, beim Durchlesen, waren ihm einige Sätze aufgefallen, die er anders in Erinnerung hatte. Er hätte die Sachverhalte besser erklären sollen. Womöglich schimmerten durch die Sätze auch kleinere logische Unsauberkeiten. Er wusste ja, dass er an manchen Stellen oberflächlich gearbeitet hatte. Es wäre schmerzlich gewesen, noch zusätzliche Mängel aufzuspüren. Mittags würde er in den *Schottenstein* gehen und mit der Arbeit beginnen, nämlich mit einer sehr viel konkreter gefassten Darstellung seiner Thesen mit Diskussion der Gegenargumente. Bis dahin wollte er keine Zwänge haben.


Das Klavier stand in einem Dachzimmer. „Da hat mal unsere Silvia gewohnt", erzählte Frau Feicht, als sie Anton in den Raum führte. An den Wänden hingen Tapeten mit zartfarbigen Blumenmustern. In den Regalwänden saßen Plüschtiere, die vor langer Zeit an ein Mädchenherz gedrückt worden waren, dazwischen reihten sich *Hanni-und-Nanni*-Bände sowie Romane mit Pferden. „Die lebt jetzt in Heidelberg. Das Klavierspielen hat sie aufgegeben", ergänzte Frau Feicht. Sie hatte ein Staubwischtuch dabei und fuhr damit über die Flächen des Instrumentes. Dann hob sie den Klaviaturdeckel, zog den Tastenschoner herab und legte das Stoffband gefaltet in ein Regal. Als sie über die Tasten wischte und Töne anschlug, merkte Anton, wie sehr sich das Instrument verstimmt hatte. Aber er war darauf vorbereitet. Sein Sohn Markus hatte ihm geraten, vorsichtshalber Stimmwerkzeug mitzubringen. „Die haben zwar ein Klavier, aber das steht garantiert schon ewig rum", hatte er gesagt.

„Vielleicht klingt es nicht mehr so gut", räumte Frau Feicht ein.

Anton setzte sich auf den Hocker und schlug mit beiden Händen einen kräftigen C-Dur-Akkord. Anschließend spielte er einen Lauf, von den tiefen bis hinauf zu den hohen Tasten.

„Das krieg ich schon hin", meinte er beruhigend. „Ich hab Stimmwerkzeug mitgebracht."

Frau Feicht begleitete ihn bis zu seiner Zimmertür, wo er das Stimmwerkzeug und seine Noten holen wollte.

„Ich hoffe, es gefällt Ihnen bei uns", sagte Frau Feicht und fuhr unwillkürlich mit ihrem Staubtuch über den Handlauf der Treppe.

Anton wollte sich zufrieden zeigen: „Ja, danke. Alles ist sehr sauber und gepflegt."

„Sie sind sicher von München anderes gewohnt, aber bei uns da heroben ist eben alles etwas einfacher."

„Jaja, diese Schlichtheit suche ich ja gerade."

„Und mein Mann, der stört Sie nicht?"

„Nein, alles in Ordnung."

„Sagen Sie, wenn er zu laut ist."

„Jaja."

„Passt das jetzt mit dem Internet?"

„Danke. Ich kann den Anschluss im *Schottenstein* nutzen."

„Ah ja", machte Frau Feicht. „Das Essen von der Moritz Conny ist gut." Sie stockte.

Anton vermutete, dass sie einen Teil ihrer Meinung zurückbehielt.

Er bohrte nach: „Aber?"

Frau Feicht sprach weiter, jedoch nur mit halblauter Stimme: „Aber den Kuchen holen Sie sich besser bei mir."

Anton nickte. In seinem Nicken lag ein Versprechen.

Frau Feicht ging auf die Treppe zu. Sie zögerte.

„Noch was?"

„Erlauben Sie mir die Bemerkung, Herr Wiesmeier, geben sie Obacht auf sich! Ein paar Leute sind hier ein bisserl überdreht. Das liegt an der Gegend hier. Und sie könnten anfällig für so was sein."

Offenbar spielte Frau Feicht auf seinen kurzen Wutanfall an, wegen des Internets. Aber dieses Problem war ja nun gelöst, also konnte Anton keine weitere Gefahr für sich selbst erkennen.

„Danke für den Hinweis. Ich passe auf mich auf", sagte er distanziert.

Frau Feicht zog den Kopf ein und stieg die Treppe hinab ins Erdgeschoss. Sie verschwand in der Küche.

Eine Stunde später hatte Anton das Klavier so weit in Ordnung gebracht, dass er darauf Schubert spielen konnte. Franz Schubert. Seinen geliebten Franz Schubert.

Aus Anton war kein berühmter Pianist geworden. Seit seiner Kindheit jedoch liebte er das Klavier. Im Laufe seiner Jugend, seiner Berufsjahre, während düsterer und unbeschwerter Zeiten hatte ihn diese Liebe getragen. Doch wie hält man diese Liebe am Leben, wenn man nicht rechtzeitig die Weichen für eine befriedigende Karriere gestellt hat oder eine solche Karriere nicht in Gang kommen wollte? Weiter für sich allein spielen? Vielleicht für ein paar Freunde? Anton hatte eine gute Lösung gefunden und sich auf das Begleiten eines Sängers verlegt. Das verlangte viel genug von ihm.

Leonard, ein ehemaliger *Regensburger Domspatz*, arbeitete als Musiklehrer an einem Gymnasium. Er besaß eine so wohlklingende Baritonstimme, dass er als klassischer Liedsänger von kleineren Veranstaltern engagiert wurde. Er trat nicht in den großen Sälen auf, nicht in den Städten, in denen man Namen erwartete, die man aus Rundfunkübertragungen, aus den Medien oder von CD-Covern kennt. Nein, Rathaussäle, Nebenräume von gepflegten Gasthäusern und Mehrzweckhallen mit akzeptabler Akustik waren die Auftrittsorte, in die er im Durchschnitt einmal pro Monat eingeladen wurde.

Vor etwa zehn Jahren hatten Anton und Leonard erstmals bei einem Operettennachmittag in einem *Caritas*-Altenheim zusammengearbeitet. Leonard war von einem Sponsor verpflichtet worden, und Anton hatte sich bereiterklärt, ohne Gage als Klavierbegleiter mitzuwirken. Seine Mutter lebte in diesem Heim. Leonards bisheriger Musizierpartner hatte die Region aus beruflichen Gründen verlassen müssen, und so fand Leonard in Anton nun einen versierten Nachfolger. Seither begleitete Anton den beliebten Sänger bei solchen Liederabenden.

Das letzte Konzert hatten die beiden vor einer guten Woche in der Stadthalle von Moosburg bestritten, mit Liedern von Mendelssohn und Schumann. Das nächste stand

Anfang Dezember an. Ein Abend mit Weihnachtsliedern. Im Januar sollte ein wichtiger Termin in Landshut folgen: Schuberts Winterreise. Vor drei Jahren hatten sie den Liederzyklus mehrfach aufgeführt. Ein anspruchsvolles Werk. Anton wollte gut vorbereitet sein und hatte daher die Noten mit hierher genommen.

Auch wenn manche Töne nach dem Stimmen immer noch unsauber klangen, versenkte sich Anton rasch in die charaktervollen Lieder, die von einem Wanderer erzählen, der durch eine kalte und feindselige Landschaft zieht. Lange spielte er. Bis Frau Feicht leise an die Türe klopfte und an die Mittagsruhe erinnerte. „Schön spielen Sie", meinte sie. Und sie fand es schade, dass ihre Tochter nicht mehr im Haus lebte. Damals hatte es ebenso schön geklungen, schwärmte sie.

# 4.

Anton ging hinüber zum *Schottenstein*. Er musste sein Level kontrollieren und Punkte aufbauen. Außerdem hatte sich der Hunger gemeldet.

Auf dem Weg durch die trübe Herbstlandschaft strömte weiter eine Melodie von Franz Schubert durch seinen Kopf. „Bin gewohnt das Irregehen, 's führt ja jeder Weg zum Ziel." Das hatte er eben gespielt.

Anton beobachtete Connys Bewegungen, als sie hereinkam und seine Bestellung aufnahm. „Ob sie einen Freund hat?", überlegte Anton unwillkürlich. Sie wirkte unabhängig. Es war wohl schwer, sie zu fassen und einzubinden in eine Beziehung. Er bliebe wohl ewig der Begehrende, der hinter einem Zaun warten musste – wenn er tatsächlich Interesse für Sie entwickeln würde.

Anton riss sich aus diesem entsetzlichen Gedanken. Wie war er froh, mit Katja glücklich verheiratet zu sein. Sie stand zu ihm, sie lebte mit ihm eine ganz reale Partnerschaft.

Conny brachte ihm einen Jägerbraten. Ansonsten hatte er bis zum Zahlen keinen Kontakt mit ihr. Sie arbeitete in der Küche. Durch die halbgeöffnete Tür hörte er, wie sie Teller und Gläser verräumte und mit Kochgeschirr hantierte. Dazu dröhnte das Radio.

Anton spielte unterdessen *monsterkiller*, konnte einen ersten großen Kampf auf dem *Pfad der Finsternis* gewinnen, etliche Goldtaler kassieren und ansparen. Es lief gut, weil er sich ungestört in die Welt seines Waldmagiers Doron vertiefen konnte. Hier am Urlaubsort drückten keine Termine und Verpflichtungen, abgesehen vom Zwang, den Artikel schreiben zu müssen.

Schließlich beantwortete er eine Mail seiner Frau. Sie berichtete von einem ausgedehnten Einkaufsbummel durch die Stadt. Auch den Dom und das „Abendmahl" von Leonardo da Vinci hatte sie besichtigt. Anton beteuerte, dass er kontinuierlich an seinem Artikel schrieb.

Er begann tatsächlich mit viel Energie. Dass er mit Doron eine Menge Punkte hatte erzielen können, motivierte ihn, ebenfalls einen Erfolg beim Schreiben zu erringen. Einen Etappenerfolg zumindest.

Tapfer markierte er die Passagen rot, die Utzberg angegriffen hatte und die ihm nun, aus der Distanz betrachtet, selbst etwas widersprüchlich erschienen. Doch sein Aufsatz war lang, weshalb er etwa nach der Hälfte unkonzentriert wurde und die Datei schloss.

Conny hatte unterdessen das Radio abgeschaltet und die Küche durch eine innenliegende Tür verlassen. Sie war im hinteren Bereich des Hauses verschwunden.

Anton saß allein in der Wirtsstube. Wieder wurde es so still, dass er einen Druck auf seinen Ohren spürte. Und er hörte sein Herz schlagen. Siebenundfünfzig Jahre schlug es schon. Nie hatte es eine Pause gemacht. Wenn es nicht um sein Leben gegangen wäre, hätte er ihm eine solche Pause gegönnt. Er überlegte, wie lange es noch schlagen mochte. Was wünschte er? Dass es noch viele Jahre seine Arbeit machte? Oder, dass es ihm bald einen Ausgang öffnete?

Utzberg wäre es willkommen! Utzberg, der bereits die Blumen in seinem Vorgarten vernichtet hatte! Daran zweifelte Anton nicht.

Später, beim Zahlen, genoss er wiederum die feinen Hände der Wirtin. Im Geist nannte er sie nun „Conny". Und ihre Arme nannte er „Lilien". Aber sogleich fühlte er sich schuldig, dass er sich diesen Genuss erlaubte. Er war für zwei oder drei Wochen von Katja getrennt. Nein, er wollte kein Salz in seine Ehe streuen. Er liebte seine Frau, und er liebte seinen Sohn, seinen Beruf, die Musik, sein Leben. Und trotzdem, das hatte er eben aus der Stille herausgezogen, spürte er plötzlich, es musste irgendetwas geschehen. Aber was? Das war ihm ein Rätsel.

Der Nachmittag war inzwischen weit fortgeschritten. Anton wollte in ein paar Stunden noch einmal kommen, zum Abendessen und Tagesausklang. Es drängte ihn, einen Spaziergang zu machen oder zumindest zurück in die Pension zu kehren. Dafür gab es zwar keinen dringenden Grund, außer vielleicht die Gelegenheit, noch etwas Klavier zu spielen, doch Anton hatte das Bedürfnis, eine Zäsur zwischen mittags und abends zu setzen.

Als Anton aus einem Gehölz trat und ein längeres Stück eines Feldweges überblicken konnte, entdeckte er einen Mann. Anton erschrak. Er hatte die Gestalt von Klemens Utzberg. Der gehasste Kollege war ihm tatsächlich hierher gefolgt! Seine Vermutung, dass er den Wagen manipuliert hatte, war also richtig. Da Anton die Fahrt auf der Autobahn überlebt hatte, weil die Sabotage erst auf einer Waldstraße hervorgetreten war, hatte er sich jetzt hier auf diesem

Feldweg postiert. Utzberg würde Gewalt anwenden. Die Schwelle zum Mordanschlag war überschritten. Nun würde ein Zweikampf stattfinden. Anton musste bestehen, wie Doron der Waldmagier heute Vormittag bestanden hatte! Anton ging auf Utzberg zu. Je näher er kam, desto mehr verloren sich die charakteristischen Merkmale Utzbergs. Der Erzfeind wurde zu einem Unbekannten. Zu einem Wanderer, der pausierte.

Er hatte seinen prallen Rucksack aus Leder abgenommen und in den Feldrain gestellt. Hier war der Untergrund mit Gras bedeckt, sodass der Rucksack allenfalls feucht, aber nicht schmutzig wurde. Der Mann schaute in die Gegend und trank in kurzen Abständen aus einer Flasche. Als Anton an ihm vorüberging, grüßte er.

Anton grüßte zurück, noch irritiert, weil seine Mutmaßung zerstoben war.

„Kommen Sie vom *Schottenstein*?“, fragte der Wanderer.

Anton blieb stehen und bejahte.

„Was hat es gegeben?“

„Jägerbraten“, antwortete Anton knapp.

„Ah ja“, machte der Wanderer. „Vielleicht schau ich nachher noch vorbei.“

Der Mann war freundlich, geradezu herzlich.

Anton fragte, um nicht als wortkarg zu gelten: „Wohin geht die Wanderung?“

„Hinauf auf Stockenfels.“

„Das ist eine Burg hier in der Nähe“, sagte Anton. Soviel glaubte er zu wissen.

„Ja, im Wald drin. Faszinierend.“

Anton merkte auf.

„Ich will noch vor Sonnenuntergang oben sein. Und es fängt gleich an zu dämmern. Die Tage sind kurz im November." Der Wanderer nahm die Riemen seines Rucksacks. „Je länger man wandert, desto schwerer wird der Rucksack."

Anton lachte zurückhaltend „Ja, das ist schön gesagt."

Der Wanderer wuchtete den Rucksack auf den Rücken. Das Gewicht, das auf ihn einwirkte, zwang ihn fast in die Knie. „Wird Zeit, dass ich nach Stockenfels komme."

Anton verabschiedete sich: „Noch einen guten Tag!"

„Danke!" Der Wanderer stapfte los. „Vielleicht sehen wir uns mal im *Schottenstein*."

„Ja, vielleicht!"

Anton hob unwillkürlich seine Computertasche ein wenig von der Schulter. Sie war so schwer beziehungsweise leicht wie eh und je. Er sah dem Fremden eine Weile nach.

Abseits in einem Wiesenstück standen drei Krähen.


Die Begegnung beschäftigte Anton. Ihm war, als sei ihm Utzberg begegnet, allerdings in Gestalt dieses Wanderers. Er dachte an seinen Arzt, Dr. Hummel. Was wäre seine Meinung? Würde er ihn, Anton, für verrückt halten und Tabletten verschreiben? Oder gar die Einweisung in eine Klinik veranlassen?

Nein, Anton wusste, dass er klar denken konnte. „Manches ist eben unergründlich im Leben", würde Dr. Hummel antworten. Gewiss. Außerdem: „Vertrauen Sie auf Ihr Bauchgefühl!" Ja, das tat Anton. Und es bestätigte seine Ansicht, dass sich Utzberg hier in der Gegend aufhielt und die Gestalt anderer Personen annehmen konnte.

Conny wurde ihm von Mal zu Mal vertrauter. Als sie eine Käseplatte brachte, war es ihm, als würde eine langjährige Bezugsperson diese Speise servieren.

Er ließ den Laptop geschlossen. Bei *monsterkiller* hatte er wieder ein gutes Level erreicht, also konnte er sich eine kleine Pause erlauben. Stattdessen griff er nach dem braunen kleinen Stockenfels-Buch im Regalfach und begann, darin zu blättern. Einige Skizzen und Fotos verschafften ihm einen ersten Eindruck von der ruinenhaften Anlage. Im Mittelalter war Stockenfels eine stattliche Burg gewesen. Heute waren die Vorburg mit Tor und Zugbrücke sowie der Graben nicht mehr vorhanden. Ebenso eine Kirche, die man außerhalb der Mauer errichtet hatte. Von der Hauptburg existierte noch der breite, wohnturmartige Bergfried im Norden. Vom Palas waren nur einige Mauern mit Fensterlöchern übriggeblieben. Der innere Mauerring bestand noch vollständig, wenn auch im oberen Bereich teilweise beschädigt, weshalb die Hauptburg nur durch ein schmales, niedriges Tor betreten werden konnte.

Anton blätterte sich anschließend durch die Geschichte des Bauwerks. Schier unendlich oft hatten die Eigentümer gewechselt. Beim Anlesen der kurzen Artikel über die einzelnen Burgherren stieß er zunächst auf die Namen von Bourbonen und Wittelsbacher, darunter sogar Ludwig der Bayer. Anschließend befand sich die Burg im Besitz von Raubrittern sowie weiteren Rittern mit besserem Ruf. Kunz Schott von Schottenstein gehörte wohl zu den übelsten Burgherren. Anton las den Text über den Namensgeber des Wirtshauses: In den sechs Jahren, die er ab 1517 die Burg besaß, versetzte er die Bevölkerung der umliegenden Dörfer in Angst und Schrecken. Er überzog sie mit Brandschatzungen und Blutvergießen. Die Bauern gaben es entmutigt auf, ihre Felder zu bestellen, da der Raubritter und seine Rotte die Ernte ohnehin plündern würden. Hunger und Tod waren die Folge. Als Kunz Schott von Schottenstein sogar Nürnberger Kaufleute überfiel, einkerkerte und folterte, um Lösegeld zu erpressen, schritt der Markgraf von Ansbach ein. Diesem gelang es, den Burgherrn von Stockenfels gefangen zu nehmen. 1523 wurde er am Marktplatz von Ansbach hingerichtet.

Anton wunderte sich. Wer war auf die Idee gekommen, dieses Wirtshaus nach einem solchen Verbrecher zu benennen? Hatte das historische Gründe?

Er blätterte weiter und kam zu Artikeln über die folgenden Eigentümer. Flüchtig las er die Überschriften sowie kurze Passagen.

Die Geschichte von Stockenfels war auch in den nächsten Jahren gekennzeichnet von Kämpfen und Eigentümerwechseln. Hohenzoller besaßen die Burg während des Dreißigjährigen Krieges, danach bestimmten die Grafen von Thürheim sowie die Grafen von der Mühle-Eckart ihre Geschicke. Deren Nachfahren sind die derzeitigen Eigentümer.

Nach dem Dreißigjährigen Krieg, den die Burg unbeschadet überstanden hatte, begann ihr Verfall. Niemand bemühte sich um den vollständigen Erhalt. Das Dach des Turmes wurde instandgehalten, sodass dieser Gebäudeteil nicht verfiel. Der Palas hingegen war bald schutzlos dem Wetter ausgesetzt; und der umliegenden Bevölkerung, die ihn als Steinbruch nutzte. Halbherzige Sicherungen und

Sanierungen haben die Burg nicht gerettet. Die Vernachlässigung hat sie letztlich zur Ruine verkommen lassen.

Das kleine Buch enthielt einen abschließenden Teil. Er war den Sagen und Geschichten gewidmet, die sich mit den Jahrhunderten angesammelt hatte. Anton schmunzelte. Jede Burg, die etwas auf sich hält, besitzt wohl ein Gespenst und womöglich sogar eine Weiße Frau.

Doch Anton war müde geworden. Die Energie, sich auch noch einen Überblick über dieses Thema zu verschaffen, war zur Neige gegangen. Er wollte das Buch zuklappen und zurück in das Regal legen, doch eine Überschrift im Kapitel über die Sagen hielt seine Augen fest: Geisterträger. Was verbarg sich hinter diesem Begriff? Im Textblock entdeckte er das Wort „Lederranzen". Unwillkürlich vertiefte er sich in die kaum einseitige Erklärung: „Es ist für jeden Geisterträger ein Kampf mit den Kräften, einen widerspenstigen Geist hinauf zur Burg zu bringen, denn der Gefangene im Lederranzen versteht es zumeist, sich im Laufe einer Wanderung immer schwerer zu machen, bis sein Gegner unter der Last schier zusammenbricht. Nur mit größter Mühe gelingt es dem Geisterjäger und -träger, den Lederranzen auf dem Rücken zu halten und seine Fracht vor Sonnenuntergang abzuliefern."

Auch der Wanderer vom Nachmittag wollte vor Sonnenuntergang sein Ziel erreicht haben! Und er war kaum noch in der Lage, seinen Rucksack, seinen Lederranzen, von der Stelle zu bewegen.

Anton lachte. Doch das tat er nur, weil er das Gelesene so ungeheuerlich fand, dass er es mit seinem Lachen von sich stoßen wollte. Der Inhalt blieb.

„Geisterträger sind Irdische mit der besonderen Befähigung, Plagegeister, die irgendwo ihr Unwesen treiben, zu bannen und einzufangen", hieß es weiter oben. Und in der Schlusszeile stand: „Die Geister werden an den Ort ihrer Verbannung gebracht. Dort müssen sie bis zum Ende aller Zeiten Buße tun für ihre Untaten."

„Nun ist es genug mit diesem Unsinn", dachte Anton. Er verblätterte den Text. Den Untertitel des Buches, „Historisches und Überliefertes zur Kaiser- und Gespensterburg", hatte er bereits am Anfang seiner Lektüre erfasst, doch nun las er ihn nochmals. „Überliefertes"! Also all jenes, was die Leute aus der Umgebung erdacht haben, um sich ein schaurig-schönes Gefühl zu verschaffen, überlegte er amüsiert. Oder der Versuch, Ängste in Geschichten zu kleiden, um sie zu „visualisieren" und mit anderen zu teilen, mit dem durchsichtigen Ziel, das Grauenvolle zu beherrschen. Anton lachte wieder. Das Phänomen kannte er aus seinem Onlinespiel, aus seinem Aufsatz. Unerfüllte Wünsche, die Furcht, im Alltag ein unbedeutendes Nichts, ein Verlierer zu sein, werden in eine erfundene Zweitwelt gespiegelt und dort spielerisch erfüllt und bewältigt. Stellvertretend. Alles ist nur ein Produkt der menschlichen Fantasie und Psyche. Als Wissenschaftler durchschaute er diese Mechanismen! Was er nachmittags erlebt hatte, war also lediglich eine zufällige Ähnlichkeit von Motiven.

Sein Aufsatz und die Wissenschaft waren das Eine, seine Überzeugung, dass ihm Utzberg nachschlich, indem er sich das Sonderbare dieser Gegend zunutze machte, das Andere! Frau Feicht, die solide Frau Feicht, hatte ihn gewarnt! „Das liegt an der Gegend hier!"

Als Conny die Käseplatte abräumte, schob er das Buch zurück ins Regal. Er lächelte Conny zu. Sie erwiderte. Doch es wirkte, als habe sie hinter einem Zaun gelächelt.

Nach einer Stunde *monsterkiller*, in der Doron arg in Bedrängnis geraten war, bat er schließlich um die Rechnung. Anton legte das Geld auf den Tisch. „Wie weit ist es bis zu dieser Burg?", fragte er unvermittelt.

„Stockenfels?"

„Ja. Die Gespensterburg." Das Wort „Gespenster" betonte er ironisch.

„Zwanzig Minuten." Sie zeigte die Richtung. „Ist ausgeschildert."

Anton bedankte sich für die Auskunft. Vielleicht morgen, überlegte er.

## 5.

Der seltsame Wanderer war gestern nicht mehr ins Wirtshaus gekommen. Er hatte „vielleicht" gesagt. Trotzdem. Nach einer solch anstrengenden Tour ist man hungrig.

Anton lag im Bett und starrte auf die Zimmerdecke. Sie war milchig weiß. Erst als er die Brille vom Nachtkästchen zog und aufsetzte, konnte er sie studieren. Sie war rissig und voller Flecken.

War es richtig gewesen, hierher in diese Pension zu kommen? Hätte er nicht doch eine Unterkunft mit größerem Komfort nehmen sollen?

Aus dem Parterre waren wieder Küchengeräusche zu hören. Von einem Mixer oder einem Schneebesen.

Obwohl er lange genug geschlafen hatte, um ausgeruht zu sein, fühlte er sich matt und schwer. Sein Körper verlangte wohl, jetzt wo er endlich keinem Stress ausgesetzt war, ausgedehnte Entspannungsphasen. Er hatte Nachholbedarf. Anton wollte seinem Körper geben, was er forderte. Der Gedanke, aus dem Bett zu springen, bei Frau Feicht Kaffee und Gebäck zu holen und sich am Arbeitstisch mit seinem Aufsatz abzuquälen, war ihm widerwärtig. Im Zimmer war es ungemütlich. Die Heizung bis zum Anschlag aufzudrehen, würde daran nichts ändern. Nein, er war hier, um neue Kräfte zu tanken! Er wollte mindestens zwei Wochen hierbleiben. In der Zeit war der Artikel leicht zu schaffen, wenn er ab morgen regelmäßig und konzentriert daran arbeiten würde. Da das Surren der Küchenmaschine nicht aufhören wollte und bald dumpfes Hämmern hinzukam, schälte sich Anton schließlich aus dem Bett.

Wenig später spazierte er über eine Lichtung entlang des Feldweges, auf dem er jenem Wanderer begegnet war. Es war kühl und feucht. Die hohen Wipfel der Kiefern, welche die Lichtung umgaben, versteckten sich in grauem Dunst. Die weißen Stämme der Birken am vorderen Rand der Waldung schimmerten, als seien sie aus Zuckerguss. Die Sonne stand als matter, milchiger Leuchtkörper am Horizont.

Starker, bitterer Kaffee sowie ein Stück Nusskuchen hatten Anton aus seiner Morgenlethargie geholt. Er war plötzlich in die Stimmung geraten, irgendetwas Neues in seine zähflüssige Gedankenwelt zu holen. Er knüpfte keine Erwartung daran, außer die Hoffnung, das Neue könnte ihn ablenken, womöglich sogar erfrischen.

Der Wanderer auf dem Weg zur Burgruine Stockenfels – was war das gestern für eine eigentümliche Erscheinung gewesen? Wieso wandert ein älterer Mann mit solch bleischwerem Rucksack durch diese november-öde Gegend? Wieso steigt er hinauf zu einer Burg?

Anton folgte dem Wanderweg. Nach einer längeren Strecke führte er in ein Gehölz. Anton pausierte, um einen Blick zurückzuwerfen. Dann forschte er in die Baumgruppen, die seitlich auf abschüssigem Gelände standen. Irgendetwas bewegte sich im Dickicht. War es eine menschliche Gestalt? Utzberg? Er hielt sich also in seiner Nähe auf! Er wollte wohl herausfinden, ob Anton Kräfte sammeln und zu einem Gegenschlag ausholen würde. Oder war der Wanderer hier noch immer unterwegs? Anton wartete. Nichts war zu hören und zu sehen. Vielleicht hatte er sich getäuscht. Dass sich Utzberg versteckte, hielt er plötzlich für unmöglich. Er hatte um diese Zeit, Mittwochvormittag, eine regelmäßige Vorlesung. In München zu fehlen, konnte er sich nicht erlauben!

Anton setzte seinen Spaziergang fort. Er wusste nicht, wie weit es noch zur Burg sein würde. Allzu entfernt konnte sie nicht sein. Der Wanderer wollte sie bald erreicht haben, trotz schwerem Lederranzen. Und Anton ging ohne Gepäck.

Er stapfte dahin. Gedanken an seinen Aufsatz zogen durch seinen Kopf. Selbst sein Kollege Heimberger, der immer fest an seiner Seite stand, hatte vorsichtige Kritik geäußert. Es ist richtig, Anton hatte den Artikel in kürzerer Zeit verfasst als jeden vergleichbaren zuvor. Natürlich hätte er fundierter recherchieren und forschen können. Natürlich wäre es klüger gewesen, so manche Passage nochmals zu überdenken. Seine These etwa, dass mit den Zusatzpaketen der Version 7 von *monsterkiller* die Gefahr von Sucht und Realitätsverlust bei den Nutzern eher gesteigert, als, wie vom Betreiber versprochen, reduziert wurde, hatte er mit allzu dürftigem Beweismaterial unterfüttert. Anton kam nicht umhin, dem Kollegen Heimberger beizupflichten. Zumindest teilweise. Und warum hatte er so flüchtig gearbeitet? Weil er, das gestand er sich ein, keine sonderliche Lust gehabt hatte, diesen Artikel zu verfassen. Aber er musste ihn schreiben. Er musste endlich wieder publizieren, um zu zeigen, dass er der Wissenschaft etwas zu geben hatte.

Anton fühlte sich plötzlich schlecht. Als habe er seiner Universität schwer geschadet. Vielleicht war er ja inzwischen zu ausgelaugt für die Dekan-Position.

Seine Gedanken stockten. Er hatte bemerkt, dass sich in einiger Entfernung hinter Bäumen die Kanten eines Gebäudes abzeichneten. Ein breiter Turm mit Schindeldach erhob sich auf einer dünn bewaldeten Anhöhe. In der dunstigen Luft wirkte die Farbe des Gemäuers fast so dunkel wie das feuchte Holz der Bäume. Als Anton nähertrat, hellte sich die Fassade im fahlen Tageslicht auf. Aus der Bewaldung wurden einzelne Bäume, und Anton konnte aus seinem Blickwinkel das Ausmaß und den Grundriss der Anlage abschätzen.

Die Burg bestand lediglich aus einem rechteckigen Baukörper. Der Turm im Vordergrund war unbeschädigt. Fenster zeugten davon, dass er wohl auch als Wohnstätte verwendet worden war. Den weiteren, dahinterliegenden Bereich des Rechtecks umfasste eine ruinenhafte Mauer. Intakte Gebäudeteile waren nicht zu erkennen. Die Mauern waren aus groben Granitblöcken errichtet. Schmale Schießscharten sorgten für Verteidigungsmöglichkeiten. Die Wände im oberen Bereich waren mit Fenstern versehen und zum Teil eingestürzt. Ein Dach fehlte. Anton erinnerte sich an die Beschreibung und die Zeichnung im Buch. Die Anlage hatte sich einst über den gesamten Hügel erstreckt. Etwas abseits und tiefer gelegen erblickte er einen Mauerrest. Er ragte wie ein fauler Zahn aus dem Waldboden. Er hatte gewiss zum äußeren Verteidigungsring gehört.

Eine schiefe Treppe aus Steinquadern, flankiert von einem maroden, hölzernen Handlauf, führte Anton auf die

Anhöhe und zur Längsseite der Burg. In der Mitte befand sich ein überraschend kleiner Eingang zum Innern. Er war mit einem Gittertor sowie einer massiven Holztür mit Blechbeschlag verschlossen. Links davon hing eine grüne Tafel mit folgender Aufschrift: „Burgruine Stockenfels. Erbauzeit um 1340, Bauwerk romanisch, Maßwerkfenster gotisch (zur Zeit Herzog Ludwig der Strenge 1253 –1304). Sagenumwobene Raubritterburg. Verbannungsort aller Bierpanscher."

Wieso Bierpanscher? Kleinkriminelle also. Wirte, die ihre Gäste betrogen haben. Die Geisterträger brachten zusätzliche Geister. „Plagegeister", wie es in dem kleinen Buch hieß. Sie wurden aus ihrer Wirkungsstätte entführt und hierher verbannt.

Anton schmunzelte. Da mag sich eine kuriose Gesellschaft versammelt haben! Verbannt werden Geister für die Ewigkeit! Also mussten sie immer noch in dieser Ruine hausen.

Sein historisches Interesse an der Burg war erwacht und hatte das Grübeln verscheucht. Er betrachtete das Mauerwerk. Dass er das Innere nicht betreten konnte, enttäuschte ihn. Was sich erkunden ließ, war die zweite Breitseite sowie die Rückseite. Der Geländestreifen an der Breitseite war begehbar. Der weitere Weg führte auf Felsen und bald auf stark abschüssiges Gelände. Er besah die Burg so gut wie möglich von der Rückseite, dann kehrte er um. Eine Weile spazierte er entlang der vorderen Längsseite, warf Blicke hinauf zum bruchstückhaften oberen Rand der Mauer. Schließlich stieg er die Treppe abwärts und inspizierte die Umgebung. Mehr gab es nicht zu erforschen.

Das also war jene Burg Stockenfels, die als „Geisterschloss" bezeichnet wurde. Er konnte gut verstehen, dass sich um diesen sonderbaren Bau viele unheimliche Geschichten rankten. Aber im Moment, beim Wandern um die Ruine, war für Anton nichts von deren Zugkraft zu spüren. Womöglich ja im Inneren, dachte er. Oder nachts.

Katja hatte ihn vor einiger Zeit einen „romantischen Schwärmer" genannt. Damit hatte sie sicherlich recht. Die Welt der Märchen und Sagen hatte ihn immer beeindruckt.

Über einen steilen Pfad bei dem tiefgelegenen Mauerrest kam ein Wanderer auf ihn zu. Ein großer, hagerer Mann. Er hatte keine Ähnlichkeit mit dem Wanderer von gestern. Auch nicht mit Utzberg. Das erleichterte Anton.

Er wollte nicht mit ihm zusammentreffen und schlug daher den Weg ein, auf dem er gekommen war. Plötzlich hatte er das Bedürfnis, zurück in die Pension zu gehen. Ihm war eingefallen: Katja hatte geschrieben. Das hatte er im *Schottenstein* beim Aufrufen seines Mailbriefkastens gesehen. Aber aus Nachlässigkeit hatte er nicht geantwortet. Wieder hatte ihn *monsterkiller* abgelenkt. Er wollte seine Frau nicht allzu lange warten lassen und dadurch verletzen. Für das Versenden von E-Mails reichte die Internetverbindung in der Pension. In den *Schottenstein* wollte er erst abends. Zudem hatte sich das schlechte Gewissen gemeldet. Er musste endlich mit dem Artikel beginnen.

Katja hatte bereits nachgehakt. „Hast du meine Mail bekommen?" Sie hatte euphorisch von einem Ausflug an den Gardasee berichtet, und Anton war zu unachtsam gewesen, um zügig darauf zu antworten. Als anteilnehmender Ehemann hätte er sofort den Begeisterungston aufgreifen müssen, um ihr zu zeigen, wie selbstverständlich und offenherzig er ihre Freude teilte. Sie brachte ihm stets ihre volle Aufmerksamkeit entgegen. Katja war ein Sonnenkind. Ihre strahlende Laune, in der sie ihre Tage verbrachte, beschämte Anton. Er konnte da nicht mithalten, war meist zu sehr verstrickt in irgendwelche Ärgernisse und Zweifel.

„Das ist schön, dass du auf deiner Reise so viel Spaß hast", schrieb er. „Ich habe mich inzwischen eingelebt und kann mich gut entspannen und auf meine Arbeit konzentrieren."

Später saß er im ehemaligen Kinderzimmer der Tochter von Frau Feicht und spielte Schubert. Er übte die Klavierbegleitung des Liedes Irrlicht aus Schuberts Winterreise. Der Text erzählt von einem Wanderer, den ein Irrlicht in eine gefährliche Schlucht geführt hat. Es wäre ein schwieriges Unterfangen, sich aus dieser Lage zu befreien, wüsste der Wanderer nicht einen ganz anderen Ausweg: den Tod. „Bin gewohnt das Irregehen, 's führt ja jeder Weg zum Ziel", hieß es in der Mitte des Liedes. Anton summte die Melodie des Sängers vor sich hin und schlug dazu die matten Akkorde und rastlosen Figuren der Begleitung.

Er probierte mit großer Ausdauer. Es war Anton wichtig, dass jeder Ton den Ausdruck erhielt, den Franz Schubert im Notentext angelegt hatte. Er wollte mit sich selbst zufrieden sein, und er wollte, dass Leonard mit ihm zufrieden war.

Anton hatte inzwischen viele Stunden an seinem Tisch im *Schottenstein* verbracht. Sein Platz war zu seinem zweiten Wohnzimmer geworden. Wenn Conny im Raum bediente, studierte er sie. Fasziniert und rätselnd, denn seine Faszination konnte er sich nicht erklären. Er fand sie auf sonderbare Weise hübsch und anziehend. Dass er sich in sie verliebt hatte, mochte er nicht glauben. Er liebte ja Katja. Sie löste also etwas anderes in ihm aus. Vielleicht etwas Größeres, vielleicht aber auch etwas Entsetzliches. Eine schwarze Sehnsucht?

Er konnte nicht *mehr* mit ihr sprechen, als das, was beim Bestellen und Zahlen erforderlich war. Seine Fragen nach dem Internetanschluss und dem Weg zur Burg waren Ausnahmen gewesen.

Heute drängte es ihn, dieses stille und verhohlene Beobachten zu brechen. Conny servierte ein Glas Weißbier.

„Darf ich Sie kurz was fragen?"

Den Zeitpunkt hatte Anton gut abgepasst. Die Wirtsstube war leer, folglich musste sich Conny um keinen anderen Gast kümmern, und Anton konnte ohne Mithörer sein Anliegen vorbringen.

Conny wunderte sich. „Ja, klar!", antwortete sie knapp.

„Kann man die Burg Stockenfels auch im Inneren besichtigen?"

Conny rückte einen Stuhl zurecht und setzte sich. „Na ja", begann sie. „Im Sommer bis in den Frühherbst hinein sind Führungen. Aber im November ist damit Schluss."

Anton war enttäuscht.

Die Wirtin lehnte sich zurück und kratzte mit ihren dünnen Fingern an ihrer Stirn. „Sind Sie länger hier?"

„Etwa noch zwei Wochen." Anton wollte Näheres über sich bekannt geben, nicht zuletzt, um sie zu beeindrucken: „Ich mache Urlaub hier und arbeite an einem Forschungsartikel."

„Ah ja", machte sie. Es hatte sie nicht beeindruckt. „Vielleicht kann ich den Schlüssel besorgen, und wir können außerhalb der Saison hinein. Wenn's klappt, morgen Nachmittag so gegen drei. Dann ist hier nichts los, und ich kann zwischendurch zusperren."

Überraschend beklemmte Anton diese Aussicht. Als habe er erfahren, er müsse einen gefahrvollen Berg bezwingen. Er nickte.

„Kommen Sie morgen Mittag, dann weiß ich es." Sie setzte hinzu: „Aber umsonst kann ich das leider nicht machen."

Er stammelte. „Das ist klar. Was verlangen Sie?"

„Ich muss kurz was holen." Sie stand auf. „Wollen Sie was essen?"

Anton konnte jetzt nichts essen. Er verneinte.

Die Wirtin verschwand in der Küche, dann brachte sie ein Blatt Papier, einen Computerausdruck.

„Das müssten Sie mir unterschreiben. Wegen der Steuer", sagte sie und legte das Papier auf den Tisch.

Anton las. Oben rechts stand: „Cornelia Moritz, Gästebetreuung". Zusätzlich die Adresse. Im Text hieß es: „Vereinbarung zwischen Cornelia Moritz und …" Die folgende Zeile war leer. „Für die individuelle Betreuung erhält Frau Cornelia Moritz eine Entlohnung von dreißig Euro pro Stunde plus Spesen." Darunter befanden sich Unterschriftenzeilen. Conny hatte bereits gezeichnet.

Anton war verwirrt, dass seine Frage und ihr Angebot in eine solche Formalität mündeten. Dass dies „wegen der Steuer" so sein musste, bezweifelte er. Dennoch holte er ohne Zögern einen Stift aus seiner Jacketttasche, trug seine Münchner Adresse ein und unterschrieb die Vereinbarung. Sie galt ja nur, wenn sie den Schlüssel beschaffen und mit ihm eine Wanderung zur Burg unternehmen würde.

Conny lächelte und nahm das Papier an sich.

Ein zischendes Geräusch alarmierte Conny. Eilig lief sie in ihre Küche, verschwand aus Antons Blickfeld. Da sie aufschrie, sprang Anton auf, in der Absicht, ihr zur Hilfe zu eilen. Auf einem alten Gasherd fackelte eine tellergroße Flamme. Conny hatte die Lage rasch im Griff, indem sie kurzerhand den Hahn der Leitung, die zum Herd führte, zudrehte. Sie lachte. „Nichts passiert. Das kommt manchmal vor", sagte sie.

Anton sah sie fragend an.

„Überdruck, der sich dann entzündet, wahrscheinlich."

Auch diese Erklärung überzeugte Anton nicht. Er bezweifelte, dass sich dieser Vorfall so einfach begründen ließ. Vielleicht war er mit technischem Sachverstand überhaupt nicht zu begründen. Anton spürte Schweiß zwischen seinen Schultern. Um etwas zu sagen, riet er: „Ich würde das mal anschauen lassen."

„Alles klar", gab Conny zurück. Ihre leichtfertige Erwiderung machte nicht den Eindruck, als habe sie seinen Rat angenommen.

## 6.

„Doron! Stirb!", schrie es in seinem Kopf. Ein grünschwarzer Leib bäumte sich vor ihm auf. Feuerkugeln schossen auf ihn zu. Das Monster wollte sich auf ihn stürzen und erdrücken. Er wehrte sich mit einem kleinen Dolch. Die Waffe war lächerlich klein, völlig untauglich, um gegen das Monster etwas auszurichten. Der heiße, wuchtige Körper kam näher. Immer näher. Er warf sich auf ihn. Anton drohte zu ersticken.

Er fuhr aus dem Traum und riss die Augen auf. Der Monsterleib war verschwunden, stattdessen blickte er in den dunklen, verschwommenen Raum über dem Pensionsbett. Hinter dem Rollladen und dem geblümten Vorhang hatte bereits die Morgendämmerung eingesetzt.

Die Zimmerdecke und die Wände leuchteten davon ein wenig.

Sein Gesicht und seine Brust waren nass von Schweiß, er atmete schwer. Er rieb sich die Augen und setzte die Brille auf. Der klare Blick stärkte die Erleichterung, in einer anderen als der geträumten Welt leben zu dürfen.

Wieder dieser Albtraum. Den aussichtslosen Kampf durchlitt Anton in den letzten Monaten alle paar Tage. Zuletzt in der Nacht vor seiner Abreise. Da war er ebenso panisch und durchschwitzt aufgewacht. Anton fand sich darin wieder in der Doron-Figur. Wer symbolisierte das Monster? Manchmal glaubte er, Klemens Utzberg zu erkennen. Aber in diesem heutigen Traum hatte es zu einer anderen Person tendiert. Anton überlegte fieberhaft. Er wollte diesen Gebilden auf die Spur kommen. War es Huban gewesen? John Huban, ein Kollege, ähnlich feindselig wie Utzberg.

Meist folgten auf einen solchen Traum ein nervöses Zittern, weitere Schweißausbrüche und Unruhe, die sogar sein Umfeld wahrnehmen konnte. Die Symptome hielten Stunden an. Vor einer Woche hatte ihn eine Studentin darauf angesprochen. Sie glaubte, Anzeichen für einen Herzinfarkt auszumachen. Die Vorlesung, die zu halten war, hatte er nur mit großer Mühe überstanden.

Anton spürte noch die Wirkung der Schlaftablette. Eine matte Dämmrigkeit lag auf seinem Körper.

Er versuchte, gleichmäßig zu atmen. So fand er am schnellsten zurück in die Realität. Und er führte sich das heutige Tagesprogramm vor Augen. Er musste endlich wieder Mobilfunk-Empfang haben, wenigstens für ein paar Minuten; um sicher zu gehen, dass keine SMS auf ihn warteten. Er musste mittags ins *Schottenstein*, um zu erfahren, ob er nachmittags die Burg besichtigen konnte. Geführt von Conny. Es war also dringend erforderlich, dass er in wenigen Stunden den Schock gänzlich überwunden hatte. Und er musste Katja eine Mail schreiben und von seinen Fortschritten berichten. Das durfte er keinesfalls vergessen!

Anton betrachtete seine Hände, die noch immer zitterten. Mühsam wand er sich aus dem Bett und setzte sich auf die Kante. Es war viel zu früh zum Aufstehen, doch es tat gut, in einer aufrechten Körperhaltung zu sein.

In einer Tasche seines Koffers befand sich ein Rezept von Dr. Hummel. Er hatte es ihm vor zwei Monaten mitgegeben. „Mir ist lieber, wenn Sie was zur Unterstützung verfügbar haben", hatte er gesagt. „Wenn es nötig werden sollte." Anton brauchte nichts zur „Unterstützung". Nur die Schlaftabletten, die er regelmäßig einnahm. Katja hatte aber darauf bestanden, dass er das Rezept einsteckte. Anton wollte es kurz vor der Abreise wieder herausnehmen, um Katja zu zeigen, wie gefestigt er sich fühlte. Ihr Zureden hatte ihn aber zuletzt doch dazu bewogen, nachzugeben. Jetzt war er froh, dass er auf diese „Unterstützung" zurückgreifen konnte. Er musste ja gewappnet sein für den Nachmittag mit Conny, auf den er hoffte.

Er beschloss, noch bis neun im Bett zu bleiben und nach einem starken Kaffee von Frau Feicht in eine der umliegenden Ortschaften zu fahren. Anton überlegte. Er erinnerte sich an den Namen: Brunn. Dort gab es hoffentlich eine Apotheke. Zumindest musste es dort Mobilfunk-Empfang geben. Falls dieses Brunn zu klein sein sollte, könne er ja weiterfahren. Nittenberg oder Nittenau hieß wohl ein anderer Ort. Vielleicht war er größer.

Anton war zufrieden mit seiner Planung und rollte sich zurück in das Bett. Er schloss die Augen, und zu seiner Erleichterung kamen Bilder, die nichts mit *monsterkiller* zu tun hatten.

Eine SMS-Nachricht wartete keine auf ihn, und in einer Apotheke in Nittenau war das Präparat vorrätig. Mit einer Flasche Multivitaminsaft nahm er die empfohlene Dosis. Bald schon spürte er die Wirkung. Ein besänftigendes Gefühl stieg in seinem Körper auf. Das Zittern verschwand, er fühlte sich erleichtert und wieder am festen Boden seines realen Lebens angekommen. Er konnte sich also trauen, Conny zu treffen.

Dass er sein Problem so rasch in den Griff bekommen hatte, machte ihn gelöst, beinahe euphorisch. Er begab sich auf den Rückweg. Seine gute Laune ließ ihn glauben, er fliege über die Straße.

Doch er musste blitzschnell bremsen. Der Wagen stoppte nach wenigen Metern. Der Motor war abgewürgt.

Anton hätte beschwören können, dass soeben ein dunkles Tier über die Landstraße gelaufen war. Er vermutete einen mittelgroßen Hund oder Wild von ähnlicher Größe. Vielleicht ein Luchs oder ein kleiner Wolf. Anton blickte zum Straßengraben, hinter dem ausgedehntes Buschwerk begann. Er konnte kein Tier im Gelände erkennen, auch keine Bewegung in den Pflanzen.

Er atmete tief durch, dann drehte er den Zündschlüssel. Der Motor stotterte. Er probierte es mehrmals, ohne Erfolg.

Unwillkürlich forschte er nochmals in die Umgebung. Womöglich stand irgendwo Utzberg und lachte. Nein, er sah ihn nicht. Aber er war bestimmt irgendwo! Anton schlug gegen das Lenkrad. Zweimal. Dreimal. So heftig, dass seine Hände schmerzten.

Er musste wieder diesen langbeinigen Automechaniker herbeirufen. Sein Smartphone hatte immer noch Empfang, sodass er im Online-Telefonbuch nach ihm suchen konnte. Da er die wesentlichen Suchwörter nicht mehr im Gedächtnis hatte, benötigte er einige Zeit, bis er die Nummer der „Autowerkstätte Udo Kettele in Fischbach" fand.

„Schon wieder?", rief Udo Kettele durch das Telefon. Dabei kicherte er so, wie Utzberg manchmal kicherte: ab-

scheuliche, quiekende Laute. Das Lachen dieses Auto-
mechanikers war gewiss arglos; mehr der amüsierten Verwunderung des Technikers entsprungen als der höhnischen
Schadenfreude eines Landbewohners oder gar eines Ver-
bündeten von Utzberg. Anton traf diese Reaktion. Dieser
einfältige Typ stellte sich damit über ihn, einen Akademiker
aus München. Es traf ihn nicht aus Überheblichkeit, sondern aus Angst, dieser schlichte Kerl könnte tatsächlich
lebenstüchtiger sein als er, der marode Professor. „Ich habe
nur scharf bremsen müssen, und jetzt lässt er sich nicht
mehr starten", erklärte Anton.

„Den schau ich mir mal in der Werkstatt genauer an."

Anton fand die Idee gut.

„Ich komm gleich mit dem Abschlepper", verkündete
Udo Kettele und legte auf.

Ketteles Kfz-Betrieb war im Hinterhof eines verwaisten
Fabrikgebäudes ansässig und glich eher einer erweiterten
Garage als einer Werkstatthalle. Der gesamte Hof wurde
von Kfz-Teilen und reparaturbedürftigen Autos, Werk-
zeugen und Geräten in Anspruch genommen. Kettele schien
seine Firma allein zu betreiben. Sie machte auch nicht den
Eindruck, als ließe sich davon eine weitere Arbeitskraft ent-
lohnen. Anderseits war es unmöglich zu beurteilen, welche
Arten von Geschäften durch den Betrieb wanderten. Anton
wäre nicht verwundert gewesen, wenn sich auch solche darunter befunden hätten, die hier in diesem uneinsehbaren
Hinterhof gut aufgehoben waren.

Antons Audi stand mit offener Motorhaube nun vor der
winzigen Halle. Die Hebebühne im Inneren war von einem

Geländewagen besetzt. Udo Kettele hatte soeben den Motorblock mit einer Taschenlampe abgeleuchtet. Versuche, den Motor in Gang zu bringen, hatten zu keinem Erfolg geführt.

So sehr dies Anton einerseits bedrückte, so sehr erleichterte es ihn andererseits. Damit, so dachte Anton, sei nämlich dem Mechaniker endlich bewiesen, dass tatsächlich ein Fehler vorhanden war, und er, der Professor aus München, wirkte nicht nochmals als Theoretiker, der eine wirkliche von einer ersponnenen Panne nicht unterscheiden konnte.

Kettele war ratlos: „Schwer zu sagen, was dem fehlt." Er reinigte seine Hände mit einem Tuch, das so schmutzig war, dass Anton den Nutzen dieser Tätigkeit bezweifelte. „Ich muss mir den genauer anschauen."

Anton war ebenso ratlos. „Ja, dann behalten Sie ihn hier."

„Bleibt wohl nichts anderes übrig." Kettele fügte an: „Ich hoffe, das bringt Ihren Aufenthalt nicht durcheinander. Kann ja sein, dass Sie was vorhaben. Ausflüge oder so."

„Wann können Sie mir denn sagen, woran es liegt?"

„Morgen vielleicht."

„Muss ich was unterschreiben? Einen Auftrag oder so."

„Nein, nein, das passt schon."

„Okay. Dann melde ich mich. – Und vielen Dank für die schnelle Hilfe."

„Klar. Kein Problem."

Anton wandte sich zum Gehen. Er hatte vor, Herrn Feicht anzurufen und zu bitten, ob er ihn abholen würde. Notfalls wollte er zu Fuß in die Pension oder zu Connys Wirtshaus gelangen. Allzu weit konnte es nicht mehr sein.

Doch Kettele fragte: „Wie kommen Sie jetzt in den *Schottenstein*?"

Anton sah irritiert zu Kettele.

„Na, Sie müssen von der Conny Moritz ja noch erfahren, ob Sie nachmittags in die Burg können."

„Jaja", gab Anton zurück. Die Frage, woher er dies wusste, lag auf seinen Lippen, aber er zog es vor, sie nicht zu stellen.

„Ich kann Sie gerne hinbringen, wenn Sie wollen", fuhr Kettele fort. Er schob seine Hornbrille zurecht „Ich muss eh kurz zu ihr."

Das Angebot kam Anton gelegen, auch wenn ihn der Hintergrund nicht freute. Denn ganz offensichtlich hatten Conny und Udo Kettele ausführlich über ihn, den Feriengast aus München, geredet. Sonst hätte ihn Kettele nicht der Burgbesichtigung zugeordnet. Dass er Gegenstand von Gesprächen dieser beiden war, behagte Anton nicht. Er wusste nicht, weshalb. Sicherlich lag dieses Unwohlsein aber mehr an der Beteiligung von Kettele an diesen Gesprächen als an Connys Redseligkeit.

Anton verbarg dieses Unwohlsein vor Kettele. „Das wäre sehr freundlich von Ihnen."

Kettele führte Anton zu seinem Sportwagen.

Als sie losfuhren, fragte Kettele plötzlich: „Und Ihre Frau haben Sie nicht mit hierher genommen? Sie sind doch verheiratet, oder?"

Anton wurde rot. Aber Kettele konnte das glücklicherweise nicht bemerken, weil er so schnell über die Landstraße raste, dass er den Blick nicht auf Anton richten konnte.

„Meine Frau macht einen Verwandtschaftsbesuch in Italien."

„Okay", sagte Kettele. „Der *Schottenstein* ist eine schöne Wirtschaft."

„Jaja", bestätigte Anton. „Mit einem gravierenden Vorteil."

„Und der wäre?" Kettele wirkte angespannt.

„Breitbandiges Internet."

Von Kettele kam ein kurzes „Okay!". Dann schwieg er.

Nachdem Anton und Kettele die Wirtsstube betreten hatten, ging Anton sofort zu seinem Stammplatz. Kettele hingegen verschwand in der Küche. Anton wurde damit Ketteles seltsames Verhalten klarer. Er kannte Conny so gut, dass er es sich erlauben konnte, ohne anzuklopfen in den wirtshausinternen Bereich des Hauses vorzudringen. Oder vielleicht sogar in den privaten? War er Connys Freund? Erregte Antons häufige Anwesenheit seine Eifersucht? Glaubte er, Antons Interesse an der Burg sei nur ein Vorwand, um näher mit seiner Freundin bekannt zu werden? Womöglich entbehrte Antons Vermutung jeder Grundlage, und Conny und Kettele waren lediglich platonische Freunde. Oder Verwandte? Cousin und Cousine?

Da sich Conny offenbar nicht in der Küche befand, suchte er sie in den dahinterliegenden Räumen.

Anton wartete unterdessen auf seinem Platz. Jetzt, in der Stille, spürte er wieder sehr viel deutlicher, wie aggressiv der Albtraum, der verzweifelte Kampf Dorons mit dem Monster, nach wie vor in seinem Inneren rumorte. Die Medikamente dämpften nur die Bilder, aber sie konnten sie

nicht auslöschen. Keinesfalls sollte Conny seine Angstge-
fühle bemerken. Um sich abzulenken und die Traumgebilde
wegzudrängen, zog er eine Fernsehzeitschrift aus dem
Regalfach. Gleichzeitig lauschte er. Wenn sie beide in den
Wirtsraum kämen, könnte er gewiss aus dem beidseitigen
Umgang schließen, ob sie auch körperlich vertraut waren.
Doch er bekam keinen weiteren Hinweis. Nach einiger Zeit
hörte er, wie der Sportwagen davonfuhr, und Conny kam
mit der guten Nachricht, dass sie um drei aufbrechen konnten.

# 7.

„Ihr Wagen ist schon zum zweiten Mal liegen geblieben, hab ich gehört", begann Conny, nachdem sie in einen Waldweg eingebogen waren. Sie ging sehr zügig. Ihre Hände hatte sie in die Hosentaschen gesteckt, ihren Oberkörper beugte sie leicht nach vorne. Als wolle sie mit ihm noch schneller vorankommen.

Anton hatte Mühe, mit ihr Schritt zu halten. Er war in den vergangenen Jahren träge und fülliger geworden. Zum Joggen hatte er sich seit einer Ewigkeit nicht mehr aufraffen können.

„Ja, das ist ärgerlich", antwortete Anton.

„Sie sind hier ja auf das Auto angewiesen."

„Na ja. Direkt nicht. Ich hab alles, was ich brauche, um mich herum. Wenn ich abreise, muss es wieder funktionieren. Wenn meine wissenschaftliche Arbeit fertig ist."

„Aha", machte Conny. Mit der letzten Aussage konnte sie offenbar wenig anfangen. „Und Ihre Frau wird Sehnsucht nach Ihnen haben."

Anton wusste nicht, wie er diese Frage interpretieren sollte. War sie eine bedeutungslose Floskel oder wollte sie damit Hintergründiges aus ihm locken?

Anton entschied sich für eine vage Antwort, die nichts verheimlichen, aber auch nichts behindern würde: „Ach, wir sind seit über dreißig Jahren verheiratet. Da klebt man nicht mehr aneinander."

„Manche tun das schon."

Eine spitze Erwiderung! Anton war in die Ecke gedrängt. „Ja, natürlich", gab er zurück.

Es war für ihn schwierig, dieses Gespräch zu führen. Es war für ihn *grundsätzlich* schwierig, mit ihr zu sprechen. Sie äußerte sich einerseits sehr einfach, fast banal. Als würde sie kopflos dahinreden. Doch Anton glaubte, in beinahe jedem ihrer Worte, in beinahe jeder ihren Gesten eine Bedeutung auszumachen, auf die er richtig reagieren musste. Das forderte ihn.

Sie wechselte glücklicherweise das Thema und wollte nun wissen, welchen Bezug er zur Burg habe. Das verschaffte Anton die Gelegenheit, ganz allgemein über sein Interesse an Geschichtlichem zu reden und seine Kenntnisse und Weltoffenheit herauszuheben. Doch er palaverte länger, als Conny zuhörte. Irgendwann hatte sie das Interesse verloren. Oder sie wollte ihm womöglich verdeutlichen, dass es Wichtigeres gab. Die Natur, das Fundamentale der Natur zum Beispiel. Denn sie ging auf eine Birke zu und prüfte die Rinde, als ob sie daraus einen bedeutsamen Hinweis über den Zustand des Baumes oder das Naturgeschehen insgesamt gewinnen wollte. Sie ließ nach einer Weile davon ab. Ob sie eine Erkenntnis gewonnen hatte, blieb Anton verborgen.

Anton fragte, um wieder ein Gespräch zu beginnen, wieso ihr Wirtshaus nach Schottenstein benannt sei, ausgerechnet nach diesem brutalen Schlächter und Schänder.

Conny zuckte mit den Schultern. „Das Wirtshaus heißt schon immer so, und über diesen Typen hab ich mir nie Gedanken gemacht."

Sie hatte sich niemals Gedanken über *Schottenstein* gemacht! Das konnte Anton nicht glauben. Offensichtlich versuchte sie vordergründig so zu wirken, als sei sie uninteressiert an solchen Themen. Dennoch fügte sie an, während sie einen Ast umfasste: „So? War er ein Schlächter und Schänder? Soweit ich weiß, war das Wirtshaus immer in der Hand von merkwürdigen Leuten."

Ihre Bemerkung ließ ihn aufhorchen, und er konnte sich nicht zurückhalten zu fragen: „Gehören Sie auch dazu?" Er wunderte sich selbst über seinen Mut und seine Fähigkeit, an diesem Tag, der mit einem Albtraum begonnen hatte, zu einer solchen Provokation imstande zu sein.

Conny lachte auf. „Kann schon sein."

Sie vermied also eine klare Antwort, ob sie „merkwürdig" war. Sie war merkwürdig!

Folglich war alles möglich, alles war offen. Keine Denkvariante schien jetzt noch ausgeschlossen zu sein. Von diesem Augenblick an war das Eis zwischen ihnen gebrochen, und Anton hielt es plötzlich für vorstellbar, sie im Laufe der folgenden Burgbesichtigung auf Udo Kettele ansprechen zu können. Jetzt war es dafür noch zu früh!

Als sie weitergingen, stapfte Anton nun mit forschen Schritten dahin. Als habe er den Trainingsstand eines Marathonläufers.

Während einer längeren Strecke bergauf befiel ihn jedoch Atemnot, und Conny bemerkte, er wirke heute etwas müde, und sie fragte sogar: „Was ist denn los mit Ihnen?"

Diesem Thema wollte Anton keinesfalls Raum geben, also antwortete er nur kurz: „Bin wohl zu spät ins Bett gestern." Um Conny abzulenken, kam er auf das kleine Buch

im Kommodenregal zu sprechen: „Ich hab von den Geisterträgern gelesen. Es gibt aber noch mehr Sagen und
Geschichten über die Burg. Welche muss ich noch
kennen?"

Conny zuckte mit den Schultern. „Ich weiß da nicht
viel. Von den Bierpanschern und der Irmengard wird immer
wieder erzählt!"

„Irmengard?"

„Das soll ein schönes, aber grausames Burgfräulein gewesen sein. Aber da fragen wir besser den Herrn da
drüben." Sie zeigte auf einen Mann mit Hut, der von einem
Seitenweg auf sie zukam. Um ihn herum sprang ein Hund.

Anton glaubte für einen kurzen Moment, den Wanderer
mit dem Rucksack wieder zu sehen. Dass es Utzberg sein
könnte, schloss er aus. Utzberg hatte keinen Hund. Der
Mann war außerdem sehr viel größer und schmächtiger.
Niemals hätte er einen so schweren Rucksack wie der
Wanderer tragen können oder in das Trachtenjackett von
Utzberg gepasst.

Conny fuhr fort: „Der Heitzer Schorsch. Der führt
seinen Hund spazieren. Der kennt sich aus mit den
Geschichten rund um Stockenfels."

Sie grüßte den Mann.

„Servus, Conny", sagte er. „Bist auch mal wieder heroben."

Der Hund lief sofort auf Anton zu und roch an seiner
Kleidung. Sein Herr pfiff ihn zurück.

„Ich hab einen Fremdenverkehrsgast. Kannst du ihm
was über die Irmengard erzählen? Du kennst dich doch
aus."

Der Mann fühlte sich geehrt, wie alle Leute, die ein spezielles, selten gefragtes Wissen mit sich herumtragen. „Freilich kann ich das."

Während sie also weiter auf die Burg zuwanderten, sprach der Mann über das Burgfräulein Irmengard. Er begann bei Ritter Werner Zenger von Schwarzeneck. „Der war verlobt mit Lioba, der Tochter vom Ritter von Steinberg. Um noch eine Formalie für die anstehende Hochzeit zu erledigen, hat er zuerst nach Pfreimd und dann nach Burglengenfeld müssen. Weil er große Sehnsucht nach seiner Lioba gehabt hat, ist er zügig wieder los, ist aber in die Nacht hineingekommen. Er hat Irrlichter gesehen, ist diesen Irrlichtern gefolgt, hat sich verirrt, wollt im Freien übernachten, hat dann aber plötzlich in der Ferne die Burg Stockenfels entdeckt, weil Lichter in den Fenstern gebrannt haben."

Die kleine Gruppe erreichte unterdessen die Lichtung vor der Burg. In der trüben Novemberstimmung dieses Tages erschien das Gemäuer kalt und unnahbar, beinahe feindselig.

Sie blieben stehen, und der Mann erzählte weiter: „Ein Diener hat den Ritter Zenger reingelassen, und der Hausherr, der Ritter Kuno, hat ihn mit einem Festmahl bewirtet. Dann ist der Ritter Zenger ins Bett. In der Nacht ist er von einem Geräusch aufgewacht, ist auf die Suche gegangen und hat ein wunderschönes Mädchen getroffen, die Irmengard, die in ihrer Kammer mit Stickarbeiten beschäftigt war. Dem Ritter sind sofort ihre feinen Hände aufgefallen. Die Irmengard hat nichts gesagt, hat zugelassen, dass er ihre Hände küsst, und hat sich dann zurückgezogen. Sie ist ins Nebenzimmer und hat den Ritter Zenger stehen lassen. Na ja, der ist ganz verwirrt gewesen, hat nicht mehr schlafen können, hat versucht, am nächsten Morgen den Ritter Kuno auszufragen. Der hat aber nichts gesagt, und so ist der Ritter Zenger unglücklich weitergeritten. Seine Verlobte hat er über das alles fast vergessen. Von einem Schäfer hat er dann aber im nächsten Wirtshaus erfahren, dass die Irmengard schon vor dreißig Jahren gestorben ist. Sie ist verflucht, und darum findet sie keine Ruh im Grab."

„Und warum ist sie verflucht?", fragte Anton dazwischen. Die Geschichte faszinierte ihn.

„Die Irmengard war schön und grausam zugleich. Wegen ihrer Schönheit haben sich laufend Freier für sie interessiert. Sie hat sich aber einen Spaß draus gemacht und hat ihnen gefährliche Aufgaben gestellt. Einer hat bei Neumond dreimal die Burg auf der Mauer umringen müssen und ist abgestürzt. Tot. Der andere hat mit voller Rüstung den Regen durchschwimmen müssen. Tot. Der Nächste hat einen Stein den Berg hinaufrollen müssen. Die Kräfte haben auslassen, und er ist unter den Stein gekommen. Tot. Zwanzig Freier hat sie auf diese Weise in den Tod geschickt. Die Mutter von einem der Freier hat sie schließlich verflucht. Jeder, der sie küsst, muss sterben. Nur das Gebet einer Rittersfrau aus dem Geschlecht der Fischbacher hätte sie von dem erlösen können, aber niemand hat für sie gebetet. So ist die Irmengard drei Tage später gestorben, aber als Geisterfrau ist sie weiterhin auf der Jagd nach Freiern. – Der Ritter Zenger hat mit schlechtem Gewissen und Qualen seine Lioba geheiratet. Am nächsten Tag war er selber tot – weil er die Irmengard geküsst hat."

Der Mann schwieg, so, als würde er Ritter Zenger gedenken. Auch Anton bekam kein Wort über die Lippen. Conny unterbrach die kurze Stille: „Haben wir ja genau den Richtigen da heroben getroffen. Danke dir!"

„Und ihr schaut's euch die Burg noch ein bisserl an?", fragte der Mann.

„Ja. Der Herr ist aus München und will die Gegend kennenlernen."

„Das ist schön, dass man unsere traumhafte Heimat auch in München wahrnimmt."

„Eben!", bestätigte Conny. „Eben!"

Conny wollte nun, dass der Heitzer Schorsch weiterging. Das spürte Anton. Offenbar sollte er nicht wissen, dass sie einen Schlüssel zur Burg hatte. Günstigerweise lief der Hund schon eine ganze Weile unruhig durch das Gestrüpp am Rand der Lichtung, weshalb sich der Mann veranlasst sah, seinen Spaziergang fortzusetzen. Er hob seinen Hut und bog in einen verwachsenen Pfad.

„Der Heitzer Schorsch wüsste auch noch, was es mit den Bierpanschern auf sich hat. Aber da kann ich Ihnen auch selber was dazu erzählen", erklärte Conny und führte Anton zu der schiefen Treppe, die auf das Burgtor zuging. Oben angelangt, überblickte sie die Lichtung. Niemand war zu sehen. Dann holte sie den Schlüssel hervor und öffnete das Gittertor und schließlich auch das beschlagene Holztor.

Anton hielt den Zeitpunkt jetzt für günstig: „Den Schlüssel haben Sie vom Automechaniker?"

Tatsächlich verriet sie kurz: „Der ist bei der Freiwilligen Feuerwehr. Dass er den Schlüssel herleiht, geht keinen was an. Okay?"

Anton nickte verschwörerisch. „Das ist aber nett von ihm", fügte er an. Aber Conny sagte nichts darauf. Eifersucht schoss in Anton empor. Erhielt Kettele dafür einen Lohn? Einen süßen Lohn? Aber Anton verbarg sein Empfinden.

Conny schleuste ihren Gast ins Innere. Hinter ihm zog sie beide Tore zu, sodass man von außen, bei flüchtiger Betrachtung, meinen musste, sie seien weiterhin verschlossen.

Sie waren in einen Hof getreten, gelegen zwischen dem unbeschädigten Bergfried und dem verfallenen Palas. Auf der linken Seite befand sich ein Brunnen mit gemauerter Umrandung. Über dem Eingangsportal verlief ein Streitbalkon, der den Palas mit dem Bergfried verband und in dieser Höhe zum Turmzugang führte. Da der Aufstieg über den Palas nicht mehr möglich war, hatte man in späterer Zeit eine Holztreppe an die Bergfriedmauer gebaut, über die man diesen Zugang nun erreichen konnte.

Die Mauer des Palas war noch so weit erhalten, dass sie den Hof zu dieser Seite hin gänzlich abschloss. Zwei niedrige Holztüren, die Conny nun aufsperrte, ermöglichten den Zutritt zum Ruinengelände des Palas-Inneren, das sich bis zur gegenüberliegenden Außenmauer erstreckte. Die Mauerreste gaben Hinweise auf die einstige Aufteilung des Baues.

Antons Blick wanderte durch die Anlage. Fasziniert begann er schließlich, umher zu gehen. Conny lehnte sich unterdessen an eine Mauer und wartete.

Er fühlte sich wie ein Forschungsobjekt, das innerhalb eines Versuchsraums freigelassen und nun beobachtet wurde. Conny tat nichts, sie blickte gelegentlich nach ihm, warf dann aber ihren Blick auch hinauf zum Turm oder auf ihre Hände. Immer aber, so empfand dies Anton, begleitete sie seinen kleinen Ausflug mit ihrer Aura.

Anton erkundete das Innere der Außenmauer, die Beschaffenheit des Bodens, eine Pflanze, die sich in einem Fensterloch festgesetzt hatte. Selbst, wenn er hinter einem Gemäuer verschwand, glaubte er, nicht von Conny abgeschnitten zu sein.

Er ließ sich Zeit, um den Eindruck zu vermeiden, als sei ihm ihre subtile Beobachtung bewusst und unangenehm geworden. Erst nach einiger Weile kehrte er zu Conny zurück. Er spielte das vordergründig Wichtigere hervor: Die Beeindruckung. Er zeigte, wie sehr ihn die gesammelten Bilder beschwerten. Sie wirkten wie ein Berg ungeordneter, ungelesener Bücher.

„Sie sind ja ein echter Romantiker!", bemerkte Conny. „Sie sind doch eher ein Wissenschaftler, hab ich gemeint."

Anton war jetzt nicht fähig, darauf einzugehen. „Na ja, das meint man vielleicht", stammelte er.

Conny legte nach. „Sie wirken heut insgesamt ein bisserl mitgenommen. Das ist mir vorhin schon aufgefallen."

Anton wiederholte seine einfache Erklärung: „Wie gesagt, ich habe zu wenig oder zu schlecht geschlafen."

„Die Ruhe hier ist für einen Großstädter unerträglich, das kann schon sein."

„Nein, es passt schon. Es gefällt mir hier sehr gut."

„Soll ich jetzt was über die Bierpanscher sagen?"

„Ja, das wäre sehr nett."

„Dazu gibt es keine richtige Geschichte, die man der Reihe nach erzählen könnt. Darum tu ich mich leichter als bei der Irmengard", erklärte sie vorab. Dabei setzten sie sich auf den Rand des Brunnens. „Man weiß nicht, warum, aber seit jeher kursiert der Glaube, dass die Burg ein Verbannungsort ist für alle unehrlichen Leut. Also Juristen, die das Recht verdrehen, Handwerker, die die Leute bescheißen, korrupte Beamte, Bedienungen, die sich absichtlich verrechnen."

Anton fühlte sich mit einbezogen. Ja, er war unehrlich. Es war Zeit, sich seine Unehrlichkeit einzugestehen. Katja gegenüber. Die Gedanken und Gefühle, die er mit Conny verwebte, überstiegen inzwischen das Arglose. Das musste er sich eingestehen!

Conny erzählte jetzt von den Bierpanschern, also von Leuten, die beim Abwaschen noch Wasser im Krug ließen und darauf das nächste Bier schütteten. Oder Bierbrauer, die das fertige Bier verdünnten, bevor sie es auslieferten. Um diese Bierpanscher, so Conny, ginge es hauptsächlich hier auf Stockenfels. „Weil irgendwann hier mal Bier gebraut worden ist. *Bierpanscher-Walhalla*, sagen manche sogar zu Stockenfels. Die ganzen betrügerischen Leute werden hier heraufgebracht und müssen bis in alle Ewigkeit büßen. Leiden und sühnen."

Anton hörte gebannt zu. Er war betroffen, als könnte er sich vorstellen, selbst irgendwann an diesen schauerlichen Ort verbannt zu werden. Wegen Katja. Doch er fühlte einen weiteren Grund, den er aber nicht zu fassen bekam. Ungeachtet dessen zwang er ihn noch mehr, sich selbst zu diesem Kreis der Verurteilten zu zählen.

Conny sprach weiter, unberührt. *Scheinbar* unberührt, wie Anton meinte. Denn sie musste ja seine Betroffenheit bemerken und auch weitgehend durchschauen. Aber es entsprach ihrer Doppelnatur, perfekt die Unsensible zu spielen.

„Na ja, und von Mitternacht bis eins sollen hier fürchterliche Szenen abgehen. Kartenspiele mit dem Teufel, Folterungen, Kegeln mit Knochen. Von Teufelshand wird eine Leiter aufgestellt, die von ganz unten im Brunnen bis zur Turmspitze langt. Alle Bierpanscher müssen sich draufstellen und in Eimern das Wasser nach oben schleppen. Dort nimmt ihnen der Teufel den Eimer ab und kippt ihn über eine Rinne nach draußen. So viel Wasser müssen's raufschaffen, wie sie in ihrem Leben ins Bier geschüttet haben. Den größten Betrügern lässt der Teufel zusätzlich Wasser saufen, bis sie fast platzen. Schlag eins gibt es einen gewaltigen Donner, und alles ist auf einmal vorbei. Der Teufel und die Verbannten verschwinden, und die Burg ist so leer wie jetzt."

In Antons Augen standen Tränen.

„Etwas Grauenhafteres wird's kaum geben", fügte Conny an. „Stellen Sie sich vor, Sie sind mitten drin, und Sie schauen dem Teufel in die Augen! Ich hab's noch nie ausprobiert. Das ist nur was für die ganz Mutigen."

Für einen Moment glaubte Anton, Conny habe von etwas Wirklichem erzählt. Er dachte an seinen Waldmagier Doron, der heute Nacht beinahe von jenem Monster getötet worden wäre. Musste er ebenfalls für etwas büßen? Hatte der Traum mit ihm, Anton, in Gestalt von Doron, das Büßen für seine Schuldhaftigkeit vorausgedeutet?

Conny unterbrach seinen Tagtraum. „Entschuldigen Sie, wenn ich nochmal drauf zu sprechen komme, aber ich habe schon das Gefühl, dass Sie etwas ... na ... wie soll ich

sagen … überarbeitet sind. Vielleicht auch ein bisschen ab-
gedriftet oder so."

Anton nickte. Leugnen half nichts mehr. Sie durchschaute ihn ja sowieso.

„Na ja, ich meine, Sie kommen in meine Wirtschaft und
surfen den ganzen Abend herum, während andere was essen
oder Karten spielen. Und die meiste Zeit machen Sie dieses
Computerspiel, schießen und schlägern im Netz herum. Das
kann's doch nicht sein!"

Anton blickte in Connys Augen. „Das kann's doch nicht
sein!", hatte sie gesagt. Dass sie diese Worte sprach, fand er
entwürdigend und wunderschön zugleich. „Das kann's doch
nicht sein!" So schlicht und treffsicher war seine Lebens-
situation noch nie auf den Punkt gebracht worden. Katja bemühte sich ja aufmerksam und liebevoll um ihn, redete
gütig auf ihn ein, aber vielleicht musste eine Außenste-
hende kommen, um diese starke Wirkung in Anton zu erzeugen.

„Ich find, Sie haben es verdient, dass sich mal jemand
um Sie kümmert!"

Anton fuhr dieser Satz wie ein wärmender Strahl in das
Herz. Er konnte zunächst gar nicht glauben, dass ihn Conny
tatsächlich gesprochen hatte, aber er klang so verzückend
wie ein Gesang aus dem Paradies.

Er spürte, wie sich Fußfesseln um seine Schuhe legten.
Zugleich weitete sich der Strahl in seinem Inneren zu einem
glühenden Gas, das seinen ganzen Körper ausfüllte. In
seinem Gehirn tobten die Worte, tobte sein gesamtes Leben.
Die Mauern kamen näher, ohne sich zu bewegen. Grelle
Blitze jagten aus den Steinen. Es war, als würde die Burg

mit all ihren Geheimnissen ein Freudenfest veranstalten. Als würde sie ihn einverleiben.

„Wenn Sie wollen, ich mach Auszeit-Massagen. Einfach so, weil es mir Spaß macht", fügte Conny an. So schlicht, als würde sie ihm ein bestelltes Weißbier servieren.

Anton konzentrierte sich auf ihre Worte, und das Freudenfest der Burg trat zurück in seine Sphäre.

„Lassen Sie sich einfach mal fallen, damit Sie wieder Ihren Boden spüren."

Anton wusste nicht, mit welcher Reaktion er diese Einladung annehmen sollte. „Ja, gerne. Das ist sehr nett …", flüsterte er stockend. Alles hätte jetzt albern geklungen.

# 8.

Später im *Schottenstein*, als er zu Abend aß, kam Udo Kettele vorbei. Er sagte zu Anton nur knapp, er kümmere sich morgen Vormittag um seinen Wagen. Wie vereinbart solle Anton gegen Mittag bei ihm anrufen. Dann ging er zu Conny in die Küche. Dort erhielt er wohl den Schlüssel zurück. Conny kam mit ihm in die Wirtsstube, um zwei jungen Männern am Nebentisch Schnitzel zu servieren. Kettele verabschiedete sich von Conny. Anton beobachtete genau, wie dies vonstatten ging. Kettele wollte Conny einen Kuss auf die Wangen drücken, doch Conny riss den Kopf zur Seite, sodass Ketteles Aktion misslang.

Conny zischte ihm zu: „Du weißt, was wir zwei ausgemacht haben!"

„Wann ist's genug?"

„Das bestimm einzig ich! Und der Ausgang ist offen!"

Kettele verließ rasch den Raum.

Anton wusste nicht, wie er das kurze Gespräch interpretieren sollte. „Wann ist's genug?" Kettele musste offenbar ein Soll erfüllen, das Conny vorgab. Anton rätselte, woraus dieses Soll bestehen konnte? Aus der Abarbeitung bestimmter Aufgaben? Gehörte das heimliche, rechtswidrige Schlüsselausleihen dazu? Kettele war also noch im Rückstand. Das befriedigte Anton. Conny konnte folglich nicht in Kettele verliebt sein. Wer hält einen geliebten Menschen auf diese Weise auf Distanz? Vielleicht erfand sie ja immer neue Aufgaben, um ihn mutlos zu machen. Kettele war wohl lediglich ein Nebenbuhler in Wartestellung. Ohne Erfolgsaussicht.

Ein Nebenbuhler! Ja, das war ein treffendes, ehrliches Wort. Anton dachte an Katja. Der Konflikt trat immer deutlicher hervor. Er musste eine Lösung finden. Dass er Katja verlassen würde, war undenkbar. Aber genau so wenig war es denkbar, sich Conny zu entziehen. Er musste die Gefühle zu beiden in sich möglich machen. Das Vertraute, die innige Liebe zu Katja, und die Faszination für Conny. Wie auch immer …

„Die vorgebrachten Einwände verblassen in Anbetracht der Erfahrung, die Nutzer von *monsterkiller* im Forum beschrieben haben", tippte Anton selbstbewusst in sein Notebook. Und er setzte hinzu: „Es sei dem Autor dieser Einwände geraten, seine Einschätzungen an der praktischen Übung und am Studium der Nutzereinträge zu orientieren und nicht an Mutmaßungen."

Anton fühlte sich gut. Er saß am Holztisch seines Pensionszimmers, warf beim Formulieren des nächsten Satzes einen Blick hinaus zu den gleichmütigen Ziegen und schlug den Text schließlich voller Elan in die Tastatur. Es lief besser, als er gedacht hatte.

Er konnte zwar das Verhältnis zwischen Udo Kettele und Conny nicht zweifelsfrei durchschauen, aber große Chancen sah er für Kettele nicht. Grund für seine blendende Laune war jedoch vorwiegend Connys Zusage, ihn heute Nachmittag mit einer „Auszeit-Massage" entspannen zu wollen. „Aus purem Spaß am Verwöhnen", oder so ähnlich, hatte sie gesagt. Und: Wenn es ihm guttue, könne er jeden Tag zu ihr kommen.

Es ging nicht um den „puren Spaß". Das wusste Anton. Es verbarg sich mehr darin. Ein Weg zu einem Ort, den er sich nicht vorzustellen vermochte. Das Wort „Paradies" wollte er nicht mehr verwenden. Es klang zu abgenutzt und glatt; zu sehr nach „heller Freude". Von Conny war eine solche „helle Freude" nicht zu erwarten. Denn sie hatte auch eine andere Seite, eine mystische, dunkle.

Es war inzwischen Freitag. Frau Feicht hatte soeben erzählt, als er Kaffee und ein Stück Nusszopf aus der Küche holte, dass ihr Sohn Werner bereits im Laufe des Vormittags nach Hause kommen würde. „Sie wollten ihn doch wegen dem Internet fragen", hatte sie angefügt. Nun, die Frage der Anschlussqualität in seinem Pensionszimmer interessierte Anton mittlerweile so gut wie gar nicht mehr. Er verbrachte ohnehin die meiste Internetzeit im *Schottenstein*. Natürlich hätte er auch an den Vormittagen oder kurz vor dem Schlafengehen gerne noch den Waldmagier Doron in einen weiteren Kampf geschickt, aber die Beschränkung hatte Vorteile. Vernunfts-Vorteile. Ihm war bewusst, dass er dazu neigte, etwas zu oft und zu lange in die *monsterkiller*-Welt abzutauchen. Er sollte die Zeit reduzieren und durchatmen. So dachte er, ohne eine Lösung dafür zu haben, wie er gleichzeitig sein Spiellevel halten sollte. Das Erreichte durfte nicht gefährdet werden. Es tat ihm aber sicher besser, im Pensionszimmer die Ziegen zu beobachten und sich vor dem Schlafengehen mit ein paar harmlosen Offline-Spielen zu entspannen.

Frau Feicht hatte außerdem gemeint, ihr Sohn Werner könnte ihn rasch in die Werkstatt von Kettele bringen, falls sein Wagen fertig sei. Ihr Mann nämlich sei schon früh zum Einkaufen gefahren.

„Ja, er geht wieder", sagte Udo Kettele tatsächlich am Telefon.

„Haben Sie was gefunden?"

„Nichts! Keine Ahnung, was wieder los gewesen ist. Kommen Sie vorbei!"

Sollte Utzberg seine Finger im Spiel gehabt haben, so zielte seine Sabotage darauf ab, ihn mürbe zu machen, in den Wahnsinn zu treiben. Aber Anton fühlte sich stark genug, dieses böse Spiel wie ein Unbeteiligter an sich vorbeiziehen zu lassen. Der Triumph, Anton in ein Nervenkrankenhaus zu drängen, sollte Utzberg versagt bleiben.

Werner Feicht holte Anton am Zimmer ab. Der etwa vierzigjährige Mann trug unter einem schwarzen Mantel ein helles Jackett. Er schien gerade geduscht und lange vor dem Badspiegel verbracht zu haben. Seine Haare glänzten von Nässe und Gel und er roch nach Aftershave.

„Wir können los!"

Anton lachte bestens gelaunt. „Wir fahren nur zu meiner Werkstatt."

„Schon klar. Ich hole nachher einen Kumpel ab. Wir verbringen das Wochenende in Tschechien. Da kennen wir ein paar Leute."

Anton hatte verstanden und nickte.

Während der Fahrt kam Werner Feicht auf das Thema Internetanschluss zu sprechen: „Sie haben wegen der Übertragungsgeschwindigkeit reklamiert."

Anton beschwichtigte: „Sagen wir, ich hätte mir etwas Schnelleres gewünscht." Er wollte vor Feicht Junior, der ihn gerade freundlicherweise zu seinem Auto brachte, nicht fordernd wirken.

„Ja, kann ich gut verstehen", antwortete Feicht, „Aber wissen Sie, eigentlich wohne ich gar nicht mehr hier, und deshalb ist mir der Anschluss ziemlich egal. Meine Grufties haben eh schon geguckt wie Nachteulen, als ich eine Leitung hinüber in ein Gästezimmer gelegt habe." „Ist eben nicht so ihre Sache."

„Was will man da machen! Ich hoffe, Sie kommen irgendwie zurecht."

„Ich gehe häufig rüber ins *Schottenstein*."

Feicht kicherte: „Zur Conny!"

Anton irritierte diese Reaktion. „Sie hat in der Wirtsstube sogar einen Flachbildschirm, der ist internettauglich."

„Soso." Er kicherte nochmals. „Ich war schon ewig nicht mehr drin."

Anton reizte es zu der Bemerkung: „Ich finde, die Wirtschaft ist gut geführt. Die Frau Meister hat den Laden im Griff."

„Ja, alles, was sie anfasst, hat sie im Griff", schmunzelte Werner Feicht. „Ihre schönen Hände sind ein süßes Versprechen. Manchmal auch ein giftiges." Dann schwieg er.

„Sonderbarer Kerl", dachte Anton. Er hatte keine positive Meinung von Conny, das war deutlich geworden. Aber so ein Playboy war wohl auch nicht der Typ, der mit Connys Wesen zurechtkommen konnte.

Sie waren vor Ketteles Werkstatt angelangt. Anton bedankte sich und stieg aus.

Antons Audi stand wie gestern mit geöffneter Motorhaube im Hof. Udo Kettele hockte auf einem Schemel bei der Seitentür eines Skodas und überpinselte einen Lackschaden. Er ließ Anton eine Minute warten, bis er reagierte.

„Ihr Wagen ist echt ein Rätselonkel", begann er. Er hielt seine Bemerkung für originell und sah Anton so lange ins Gesicht, bis dieser endlich ein anerkennendes Lächeln zeigte. Sie gingen zu Antons Audi. Kettele kroch über den Motorblock und rüttelte mit ratloser Ironie an den Kabeln und Schläuchen. „Was soll man da machen! Eine Nacht lässt man ihn in Ruhe und am nächsten Tag tut er so, als sei nichts gewesen. Ich hab alles durchgecheckt. Alles okay. Der mag Sie nicht!" Er richtete sich auf. Wieder stierte er in Antons Gesicht, als würde er auf eine Zustimmung lauern.

Anton verweigerte die Reaktion. Hätte er antworten sollen: „Ja, stimmt, er mag mich nicht!" Oder gar: „Niemand mag mich! Du, Udo Kettele, musst mich nicht mögen, und Conny mag mich erst recht nicht!" Oder: „Ich weiß, da steckt Utzberg drin, der mag mich ganz besonders nicht!"

Kettele behandelte ihn heute mit böswilliger Herablassung. War er tatsächlich eifersüchtig wegen des Stockenfels-Spaziergangs, oder fühlte er sich vor ihm, womöglich seinem Rivalen, bloßgestellt, weil ihm Conny gestern vor seinen Augen den Kuss verwehrt hatte? Jedenfalls: Anton empfand sich durch diese Einstufung ernst genommen! Und dadurch gestärkt! Weshalb er Ketteles abfälliger Pointe ein kaltes Grinsen entgegensetzte.

Kettele ließ ihn für dieses wortlose Machtspiel büßen, und zwar mit einer völlig überhöhten Rechnung. In einem kleinen, chaotischen Büro angelangt, schlug Kettele die Daten mit gespielter Geschäftigkeit in seinen Computer, dann drückte er den Ausdruck in Antons Hände.

Anton reagierte nicht. Er bat, Kettele möge den Betrag von seinem Girokonto abbuchen, weil er nicht genügend Bargeld dabei hatte. Unwohlsein befiel Anton allerdings, als er seine PIN-Nummer in ein altes ec-Kartenlesegerät tippte. Konnte er darauf vertrauen, dass die Ziffern sein Geheimnis blieben?

Während Kettele die Belege zusammenklammerte und verstaute, schweifte Antons Blick über den Schreibtisch. Er war übersät mit Schlüsseln, Briefen, Formularen und Zetteln. Anton betrachtete den Bund mit dem Büroschlüssel. An ihm hingen auch der Autoschlüssel sowie ein weiterer Schlüssel. Vermutlich für die Wohnungstür. Ein Schlüsselbund, ein paar Zentimeter daneben, fiel ihm auf. Auf dem Anhänger stand: „Stockenfels". Schließlich erregte ein Zettel sein Interesse. Anton glaubte, die Schrift zu erkennen. Es war die Schrift von Utzberg. Mit hoher Wahrscheinlichkeit. Seine Buchstaben waren kantig, als seien sie aus Stahlstiften gelegt. Wenn die Notiz tatsächlich von Utzberg stammte, wäre er überführt! Wegen Stalking und Sabotage! Doch aus dieser Distanz war die Urheberschaft nicht eindeutig zu verifizieren. Die untere Hälfte des Zettels, auf der sich vielleicht seine Unterschrift befand, war überdeckt von einem Kontoauszug. Anton konnte es sich nicht erlauben, auf den Tisch zu greifen. Also musste er die Frage ungeklärt lassen.

Aber sie beschäftigte ihn weiter. Als alles geregelt war, verließ er mit Kettele das Büro, bestieg seinen Wagen, machte sich auf den Weg zur Pension. Je länger er über den Notizzettel nachdachte, desto mehr hielt er seinen Verdacht für richtig: Utzberg war also hier!

Conny ging voraus. Anton ließ sich hinauf in den ersten Stock des *Schottenstein*-Hauses führen. An einer Tür erblickte er ein Pappschild mit der Aufschrift: „Auszeit-Oase". Die Worte waren umgeben von gezeichneten Blumen und Sonnen. Darunter klebte ein Zettel: „Bitte nicht stören!" Conny öffnete diese Tür und betrat den Raum. Anton folgte.

In der Mitte des Zimmers lag eine Matratze, belegt mit einem dunkelgrünen Laken. Die Tapeten zeigten naiv gemalte Pflanzenornamente. Sie hingen offenkundig schon Jahrzehnte an der Wand. Sie erinnerten Anton spontan an die Tapeten im Klavierzimmer seiner Pension, dem Mädchenzimmer der Feicht-Tochter. Doch Anton verdrängte diesen Vergleich sofort. Dies hier war ein ganz anderer Ort.

„So", sagte Conny. Sie schloss die Vorhänge. Deren Blau färbte das Licht im Raum. Alles wirkte nun beruhigend und feierlich, fast sakral. Anton dachte an einen modernen Kirchenbau. Eines seiner Enkelkinder war in ähnlicher Lichtstimmung getauft worden.

Conny hatte bereits kräftig eingeheizt. Somit bestätigte sich Antons Annahme, dass er sich entkleiden sollte, bloßwerden vor Conny. Das war die Voraussetzung, dass er gänzlich in ihre Sphäre überwechseln konnte. Anton wartete unschlüssig auf eine Anweisung. Conny zündete unterdessen eine Kerze an, die auf einem Kästchen stand. Anschließend goss sie Duftöl in ein Schälchen.

„Wir sagen ab jetzt du zueinander", bestimmte sie endlich. „Dann tut man sich bei allem leichter. Ich bin die
Conny."

„Ja, schön. Anton heiße ich."

„Anton, dann musst du dich jetzt bis auf die Unterhose
ausziehen." Die Anweisung klang weniger bedeutsam, als
Anton erhofft hatte. Auch das Entkleiden selbst geriet mehr
zu einem schlichten Ablegen der Gewandstücke als zu
einem Vorspiel zu einer spirituell-sinnlichen Begegnung.
Anton schoss, während er die vielen Knöpfe seines Hemdes
öffnete, der Gedanke in den Kopf, ob er nicht zu viel erwartete und womöglich sogar im Begriff war, in eine Lächer-
lichkeit zu geraten. Doch diesen Gedanken verwarf er
sofort. Er war ungeheuerlich dumm gewesen.

Conny wandte sich nun ab, zog den Pullover und den
Büstenhalter aus, um sich sogleich in ein Seidentuch zu
hüllen. Anton schloss daraus, dass sie es mit der Begegnung
auch in erotischer Hinsicht ernst meinte.

Er legte sich auf den Bauch. Conny tropfte Massageöl
auf die Schulter und begann sie zu kneten. „Arg ver-
spannt", sagte sie leise. „Hab ich mir schon gedacht."

Anton hob den Kopf. „Viel Arbeit am Computer.
Sitzen."

„Pst!", machte sie. „Liegenbleiben." Nach einer Weile
fuhr sie fort: „Man merkt, du hast es im Lauf der Zeit ver-
lernt, deinen eigenen Weg zu gehn. Als ob dich ein Mario-
nettenspieler in ein Leben zieht, das dir eigentlich fremd
ist."

Worte dieser Art hatte Anton bereits allzu oft in irgendwelchen Lebensratgebern oder esoterischen Schriften ge-

lesen, mit Abscheu gelesen. Aber jetzt, da sie von Conny gesprochen wurden, hatten sie plötzlich etwas Wahrhaftiges. Anton fühlte sich durchschaut. Tränen schossen in seine Augen, doch er unterdrückte das Weinen, das losbrechen wollte. Ja, ursprünglich hatte er geplant, Conny mit Stärke, ja Überlegenheit zu begegnen, doch die Rollen hatten sich inzwischen anders verteilt. Spätestens seit sich Conny auf Stockenfels mit ihrer Einladung offenbart und zu seiner Wohltäterin erhoben hatte. Berührt lauschte er also ihren Erläuterungen, während ihre Hände abwärts wanderten und seinen Rücken massierten.

„Wir Menschen verlernen immer mehr, die Vielfalt in uns zu leben. Hast nicht auch das Gefühl?" Anton gab ihr wortlos recht. Ja, er lebte nur noch Bruchstücke seines Wesens.

„Du musst wieder lernen, frei zu sein. Dein Leben wieder als Füllhorn wahrzunehmen, aus dem all die Herrlichkeiten herausquellen."

Wieder hatte sie recht. Er empfand sein Leben als ein dürres Gebilde aus Pflichterfüllung, Ehealltag und vertrockneten Freundschaften. Wenn es nicht sein Klavierspiel beinhalten würde, wäre es gänzlich unerträglich geworden.

Conny malte mit sanften Berührungen Kreisformen auf seine Lenden. Nach einer Weile sollte er sich auf den Rücken legen. Anton tat dies bereitwillig. Sie legte seinen Kopf in ihren Schoß und strich über seine Brust. Dazu sprach sie: „Aber das Wichtigste ist: Du musst ehrlich zu dir selber sein. Und bedingungslos deinen Weg beschreiten. Die Richtung, in die es gehen soll, musst du selber finden, besser gesagt deine Selbstheilungskräfte." Sie beugte sich nach vorne und drückte gezielt in seine Organe. „Ich locke jetzt deine Selbstheilungskräfte hervor. Mutig musst du werden, Anton, nichts darf dich schrecken! Nur der Mutige ist frei für sein Leben und die Liebe!"

Anton seufzte. Die Liebe! Ja, der Mut für die Liebe war ihm gewiss abhanden gekommen. Er liebte seine Katja, aber nicht schwelgerisch, eher bemüht und angestrengt. Er liebte passiv, ließ die Liebe laufen wie eine Erinnerung. Liebe benötigt Aktivität, wie ein Plan für die Zukunft. Das war ihm nun klar geworden. Aber woher sollte er die Energie für diesen Mut nehmen? Ja, er musste die Energie von Conny aufsaugen. Dazu musste er in ihre Sphäre tauchen. Er war dazu nicht imstande. Sie massierte ihn, sie sprach, er spürte ihre Berührung und er hörte zu. Aber das Eigentliche passierte nicht. Außerdem: Sie, Conny, musste es sein, die diese Mauer durchbrach, sie musste ihn hereinholen!

Sanft strich sie über seinen Bauch. Wie hoffte er, ihre Hände würden weiter nach unten gleiten. Doch sie taten es nicht. Anton wusste plötzlich warum: Er entfaltete keine unabweisbare Einladung. Wieder schossen Tränen in seine Augen. Er fühlte sich hilflos und unheilbar schwach. Aber vielleicht, so tröstete er sich, erwartete er für heute zu viel.

# 9.

Katja hatte wieder eine Mail geschickt. Immer antwortete sie zügiger als er. Aber heute konnte er unmittelbar zurückschreiben. Nur eine Stunde nach dem Eintreffen ihrer Mail. Sie wünschte, er wäre mit nach Mailand gekommen, um mit ihr die Stadt zu genießen. Morgen würden sie einen Ausflug nach Verona machen. Anton konnte diesmal zumindest wahrheitsgemäß beteuern, dass es mit seiner Arbeit voranging. Und er berichtete von erholsamen Spaziergängen durch die weitläufige Landschaft.

Anton drückte auf „senden".

Wie flüchtig hatte er doch seinen Text in das Formular geklopft. Anton fühlte sich plötzlich wie ein kaltherziger Schuft. Für Katja hatte er nicht mehr Zeit verwendet als für das Rasieren am Morgen. Katja, die alles für ihn tat.

Er sah sie vor sich. Ihre Augen waren traurig, weil sich darin das Leid widerspiegelte, das er ihr zufügte. Nur durch eigenes Leiden konnte er einen Ausgleich schaffen. Auf seinem Tisch stand noch ein leergegessener Teller samt Besteck. Anton nahm die Gabel und stach damit in seinen Unterarm. So stark, dass unter einer Spitze Blut hervortrat. Die Wunde besänftigte das Leiden. Es war nicht überwunden, aber zumindest so weit zurückgedrängt, dass er die Selbstverletzung abbrechen konnte.

Es war Zeit, nach Doron zu sehen. Er öffnete den Internetbrowser, loggte sich ein. Wie befürchtet war er im Level zurückgefallen. Erheblich zurückgefallen. Doron musste dringend auf dem *Pfad der Finsternis* ein gutes Stück vorankommen.

Doch Anton stockte, denn ein Mann betrat die Wirtsstube, den er bislang hier nicht gesehen hatte. Er war etwa im gleichen Alter wie Udo Kettele, jedoch untersetzt und stämmig. Sein Verhalten war merkwürdig. Er wirkte ungeduldig und fahrig; als habe er etwas Drängendes zu erledigen.

Über den Rand des Bildschirmes hinweg begann Anton, ihn zu beobachten.

Dass er vertraut war mit diesem Raum, bemerkte Anton sofort, denn er beugte sich ganz selbstverständlich über die Schanktheke und schaute tief in die Küche. Anders als Kettele akzeptierte er jedoch die Trennlinie zwischen Gäste- und Wirtsbereich. Da er Conny nicht entdeckte, hing er seinen Mantel an einen Garderobenhaken und setzte sich an einen Tisch. Dabei zog er den Stuhl mit einem rohen Griff zurück und warf sich unflätig auf die Sitzfläche. Die Arme knallte er auf die Tischplatte, dann stützte er mit den Händen seinen Kopf. Er starrte ins Leere.

Anton versuchte, ihn zu grüßen, aber er nahm von ihm keine Notiz.

Offenbar hatte Conny gehört, dass ein Gast eingetroffen war, jedenfalls kam sie wenig später aus der Küche. Sie erschrak, als sie den Mann . Doch sie schien sich gleichzeitig auch zu freuen. Das registrierte Anton argwöhnisch.

„Grüß dich, Steff. Ich weiß schon, dass du wieder da bist. Sind die acht Monate rum?", sagte sie mit ironischem Unterton.

„Ist Zeit worden", antwortete der Mann.

Conny setzte sich an seinen Tisch, mit dem Rücken zu Anton. Sie redete mit gedämpfter Stimme, wohl absichtlich, um Anton möglichst viel des Gespräches vorzuenthalten. Aber der Raum war zu klein für Heimlichkeiten, weshalb Anton jedes Wort verstand.

„Soll ich dir Bier oder Wasser bringen? Wasser wär wohl gescheiter!"

„Ich trink kein Wasser!"

„Hast nicht gleichzeitig einen Entzug gehabt? Wär bestimmt nötig gewesen."

„Doch! Aber die Therapie hat nicht angeschlagen." Er ging nah an Conny heran. „Ich bin halt so!"

„Ja, deshalb muss man dich aber nicht auch so haben wollen!", gab Conny zurück.

Die Äußerung reizte ihn. „Ich hab dich nicht vergessen!"

Conny stand auf. „Ich bring dir erst mal ein Bier."

Sie füllte an der Theke ein Glas. Dabei warf sie einen Blick zu Anton. Offensichtlich hatte sie damit gerechnet, dass Anton die Szene aufmerksam verfolgte. Sie lächelte ihm zu und verdrehte die Augen, offenbar um Anton zu signalisieren, dass sie den Typen verabscheute.

Anton wusste nicht, ob er das glauben sollte. „Ich bring dir erst mal ein Bier", hatte sie gesagt. „Erst mal!" Als sei ihre eben ausgesprochene Zurückweisung nicht das letzte Wort gewesen.

Doch die Verbindung zwischen ihr und ihm, Anton, hatte sich in den vergangenen Tagen von einem Faden zu einem Seil verstärkt. Davon war Anton überzeugt. Sie hatte ihm gerade zugezwinkert, an dem Fremden vorbei! Das durfte Anton als Bevorzugung werten. Dass sie dem Anderen dennoch ein subtiles Signal gegeben hatte, das man als „Vielleicht ja doch" interpretieren konnte, wertete Anton als taktisches Manöver, das einen unbekannten, gewiss unerheblichen Grund hatte.

Sie servierte das Bier und fragte: „Willst was essen?"

„Ich will reden mit dir!", forderte Steff.

„Nicht jetzt, und nicht da herin."

Steff schlug auf den Tisch.

Conny erwiderte barsch: „So gehn wir nicht um miteinander! Morgen kannst mich anrufen!"

Die Worte zügelten seine Ungeduld.

„Also? Hast Hunger?"

„Dann bringst mir ein Schnitzel."

Conny nickte und verschwand in der Küche.

Steff stierte in sein Bierglas und wartete auf sein Abendessen. Er schien, in Gedanken verfangen zu sein. Nur einmal warf er einen kurzen Blick zu Anton. Dieser konnte so rasch die Augen in Richtung des Bildschirms senken, dass sich Steff unbeobachtet fühlen musste.

Plötzlich betrat Udo Kettele den Raum.

Anton hatte richtig vermutet: Zwischen beiden herrschte eine Konkurrenzsituation. Udo lief nämlich, als er Steff sah, auf diesen zu und setzte sich an seinen Tisch. Mit dem Rücken zu Anton. „Hab ich mir schon denkt, dass du gleich hierher kommst", begann er aufgebracht.

Steff polterte: „Das ist mei Sach!" Dabei brauste er auf und stieß mit der Faust gegen Ketteles Schulter. Dieser fuhr ebenfalls auf. Mit seinen langen Armen versuchte er, Steffs

Hals zu packen. Dieser wich jedoch aus. Steff schrie wütend und nahm sein Glas. Mit einer flinken Bewegung spritzte er das Bier in Ketteles Brillengesicht. Kettele musste die Brille abnehmen und war dadurch für einen Augenblick wehrlos. Steff nützte die Gelegenheit und schlug zu: mit der Faust auf Ketteles Kinn. Kettele flog rückwärts. Seine Brille wirbelte durch die Luft.

Anton sprang auf. Für einen Moment hielt er sich für Doron, der eine Lanze, bestehend aus einem todbringenden Lichtstrahl, schwang. Kriegerische Kräfte stärkten ihn. Doron war kurz davor, diese Wunderwaffe auf dem *Pfad der Finsternis* zu erringen. Mit ihr ließen sich diese beiden Burschen gewiss wie lächerliche Waldwichtel verglühen, dachte Anton euphorisch. Dann aber kehrte eine realistische Sichtweise zurück und Anton gab sich nur noch den Anschein, als würde er in der nächsten Sekunde streitschlichtend eingreifen. Doch in Wirklichkeit wollte er sich nicht der Gefahr aussetzen, in dieser Schlägerei selbst Prügel zu beziehen.

Endlich kam Conny hinzu, alarmiert durch den Lärm. Sie war wohl die Einzige, welche die nötige Autorität besaß, um Kettele und Steff zu trennen.

Tatsächlich. Allein ihr Auftritt bewirkte, dass Steff einen Schritt zurücktrat und Udo seine Brille suchte, anstatt zum Gegenschlag auszuholen.

„Raus!", schrie sie. „Alle zwei!"

Steff und Udo Kettele stierten sie sprachlos an.

„Macht's die Sach unter euch aus. Aber nicht da herin!" Und dann fügte sie hinzu. „Es kann bloß einer der Sieger sein!"

Die beiden blickten sich kurz in die Augen. Sie hatten begriffen. Steff nahm seinen Mantel vom Haken und zog ihn an. Kettele ging voraus, Steff folgte. Sie verließen mit zur Schau gestelltem Stolz den Raum.

Conny sah selbstbewusst hinüber zu Anton. Sie präsentierte sich als Überlegene in dieser Auseinandersetzung. Ja, sie war die Überlegene! Und eine Meisterstrategin: Steff und Kettele – Einer musste den Anderen ausschalten. Danach gab es nur noch Einen, der sich gegen die Verbindung mit Anton stellen konnte. Für ihn würde Conny gewiss ebenfalls eine Lösung finden. Anton lächelte.

Anton fuhr über Feldwege und schmale Straßen. Dabei beobachtete er sein Smartphone. Wann würde es sich wieder im Netz anmelden? Er bog in die Staatsstraße, steuerte auf Fischbach zu. Endlich verschwand das Warnsymbol und mäßiger Empfang wurde angezeigt. Gleich danach ertönte der Signalton. Eine SMS war eingegangen. Anton hielt in einer Feldeinfahrt an und öffnete die Nachricht. Leonard, der Liedsänger, hatte geschrieben: „Vertrag mit Mögelbach gestern unterschrieben. Bin sehr erleichtert! Und wie geht's dir? Alles klar? Leonard"

Leonard wohnte mit seiner Frau und seinen beiden Töchtern in einer viel zu kleinen Wohnung in Gauting, im Südwesten von München gelegen. Lange war er auf der Suche nach einem Einfamilienhaus gewesen. Einmal hatte die Lage nicht gepasst, ein andermal der Preis oder die Zimmeraufteilung. Etwa vor einer Woche hatte er nun ein passendes Objekt gefunden, doch es waren so viele Konkurrenten im Rennen, dass sich Leonard chancenlos gesehen hatte. Aber jetzt hatte er das Haus doch noch bekommen!

„Leonard hat immer Glück!", war Antons spontaner Gedanke. Doch er hasste seinen kleinlichen Neid, weshalb er Freude erzeugte. Dass sich Leonard nach seinem Befinden erkundigte, befriedigte ihn. Er bekam Lust, sofort mit ihm zu reden und drückte auf die Wähltaste. Wenig später hob Leonard ab.

„Hi! Hier ist Anton!"

„Ja, dich gibt es auch noch!"

„Ja, es gibt mich noch. Glückwunsch zum Haus!"

Sie telefonierten eine ganze Weile. Anton wollte vor dem Freund nicht klagen. Vor Leonard gab er den erfolgreichen Universitätsprofessor mit künstlerischer Ader. Also erzählte er von seiner Arbeit, die in der Abgeschiedenheit prächtig gedieh, von der hübschen Pension und den erholsamen Spaziergängen. Er war froh, mit einem Menschen außerhalb seiner Urlaubswelt zu sprechen. Seit Montag war er hier; heute war Samstag. Eine knappe Woche hatte er diese Isolation aushalten müssen.

Nachdem Anton ausführlich von seinem Arbeitsurlaub geschwärmt hatte, berichtete Leonard, wie er den Verkäufer des Hauses doch noch auf seine Seite hatte ziehen können. Glückliche Umstände hatten den Erfolg begünstigt. Ein Kollege seiner Frau war der Bruder des Verkäufers. Zufällig waren die Beteiligten auf diese Verbindung gekommen, und der Verkäufer hatte sich gewinnen lassen.

„Glückliche Umstände", hatte Leonard gesagt. Die Worte blieben in Anton haften wie der Gedanke an einen unerfüllten Wunsch.

Als Leonard fertigerzählt hatte, lenkte Anton das Gespräch auf die Verabschiedungsformeln zu. Rasch, sehr viel rascher als sonst, folgte das beidseitige „Servus". Anton drückte die Ende-Taste und betrachtete das Smartphone. Hatte Leonard bemerkt, dass er eine ganze Weile unkonzentriert gewesen war? So, als hätten ihn die „glücklichen Umstände" nicht interessiert.

Anton überkam ein übles Gefühl. Wieder dieses üble Gefühl, diese diffuse Mischung aus Schuldempfinden und Furcht, er könnte sich als unzulänglicher Mensch erwiesen haben. Er lehnte sich zurück und schloss die Augen. Das üble Gefühl saß wie eine schwarze Spinne auf seiner Seele. Das Telefonat konnte nicht in der Vergangenheit verschwinden, es blieb gegenwärtig. Irgendetwas Unstimmiges war darin hervorgetreten, das über seine Unkonzentriertheit und Beklemmung hinausging. Ja! Leonards „Servus" hatte eigenartig geklungen. So, als habe er hinter dem Wort eine Botschaft gesandt, als habe er seine bittere Enttäuschung mitgeteilt. Zwischen ihm und Leonard bestand also offenbar eine Verstimmung. Anton konnte sich die Verstimmung jedoch nicht erklären. Er grübelte. Versuchte, an den wunden Punkt heranzukommen. Doch sein Denken führte zu nichts.

Ratlos und mürbe ließ er schließlich den Motor an.


Das Massageöl duftete nach Mandeln. Conny strich mit dem Flaschenhals über Antons verspannten Rücken und verteilte dabei die Flüssigkeit auf seiner Haut. Der Flaschenhals war kühl, und auch das Öl. Ein angenehmer Schauer breitete sich über seinen Körper. Dann spürte er ihre Hände. Sie verrieben mit sanftem Druck die Flüssigkeit und glitten entlang seines Rückgrats, fuhren über die Rippen und die Lenden.

Anton stöhnte unwillkürlich. Ein wundervolles Gefühl erfasste ihn. Er konnte sich ohne lästige Gedanken dieser Wohltat hingeben.

Conny schwieg. Sie hatte wohl bei der ersten Massage alles gesagt, was er verinnerlichen sollte. Offenbar wollte sie heute ganz bewusst ausschließlich ihre Hände „sprechen" lassen. Auch über die gestrige Schlägerei äußerte sie nichts. Sie tat so, als habe die Szene der beiden Kontrahenten nicht stattgefunden. Als habe sie ihm gegenüber mit ihrem selbstbewussten Blick alles erklärt.

Schon nach wenigen Minuten kam Antons Gedankenfluss abermals in Gang. Er vermisste in ihren Berührungen das Zärtliche. Obgleich Anton ihre spirituelle Aura deutlich wahrnahm, massierte sie ihn mit enttäuschender Distanz. Ihm wurde klar, er konnte nicht erwarten, dass Conny die Wand, die sie trennte, aus eigenem Antrieb durchbrechen würde. Das Hindernis musste von ihm beseitigt werden. Erst dann würde er jene unabweisbare Einladung entfalten können und Conny für sich gewinnen. Die Mauer konnte nur durch eine mutige Tat gesprengt werden – wie Conny gesagt hatte. Er dachte an Katja, seine liebe Katja, ihr Leiden, das er durch sein Zur-Seite-Springen verursachte. Und er spürte die Unstimmigkeit, die beim Telefonat mit Leonard aufgeplatzt war. Leonards rätselhaftes „Servus". Aus diesen beiden Themen füge sich wohl diese Mauer.

Die Erkenntnis erzeugte einen Schweißausbruch und Zittern. Er versuchte, diese Reaktionen vor Conny zu verbergen. Diese Gedanken waren ausschließlich *seine* Angelegenheit. Er, Anton, musste allein, ohne Conny, mit diesem Hindernis fertig werden.

„Ist dir kalt?", fragte Conny.

Sie hatte das Zittern bemerkt. „Ein bisschen", antwortete er, um sie zu täuschen.

Conny bat ihn, sich nun auf den Rücken zu legen. Anton tat dies, und wieder bettete Conny seinen Kopf in ihren Schoß. Sie zog eine Decke heran und breitete sie über seinen Oberkörper. Dann massierte sie seine Stirn.

Ja, das war die maßgebliche Erkenntnis! Er musste durch eine mutige Tat die Mauer durchbrechen!

Dr. Hummel würden seine Überlegungen beeindrucken! Er war davon überzeugt, inzwischen fähig zu sein, sich selbst zu analysieren. Der Rat eines Arztes konnte nur in eine Konfusion führen, denn weshalb sollte ein Außenstehender mehr Ahnung haben von seiner Psyche als er selbst?

„Ich spüre meine Blockade", sagte Anton, um irgendetwas zu sagen. Er sprach flüsternd, um die Stimmung nicht zu zerstören.

„Das ist schon mal der erste Schritt. Erst kommt das Erkennen, dann das Be-kennen. Also du musst zu dir sagen: Das ist so. Und dann musst du die Blockade zertrümmern." Sie strich über seine Wangen, lockerte sein Kinn. „Mutig musst du sein, wie ich gesagt hab. Das ist das Wichtigste. Du musst mutig sein."

Anton nickte. Er war zufrieden mit ihrer Aussage, er war auf dem richtigen Weg. Das stärkte ihn.

Conny schob die Decke beiseite und massierte seine Schulter, anschließend seine Brust. Sie trug, wie gestern, ihr

Seidentuch. Es war so lose um ihren Oberkörper geschwungen, dass der Stoff über Antons Gesicht streifte.

Anton wagte einen Vorstoß: „Und der Udo Kettele. Massierst du ihn auch?"

„Gelegentlich."

„Leidet der auch unter einer Blockade?"

„Der hat jede Menge Blockaden. Das ist sein Problem. Und seine größte Blockade, ganz neu, das ist der Steff."

„Der ist sein Konkurrent im Kampf um dich? Stimmt's?" Anton war gespannt, wie sie reagieren würde.

Conny zog die Flasche mit dem Massageöl über seinen Bauch. Dabei beugte sie sich so weit nach vorne, dass sich der Stoff ein wenig teilte und Anton eine Brust erspähen konnte. Seine Hand zuckte. Wie gerne hätte er sie berührt. Er dachte an Katja. Und er dachte an die Mauer, hinter der sein Begehren verschlossen war.

„Weißt du, Anton", sagte Conny schließlich, „ich hätte schon gern einen Freund." Sie seufzte. Das überraschte Anton, weil es so gar nicht zu ihrem selbstbewussten Auftreten passte. „Aber ich vertrag keine feigen Männer. Das ist mein Problem. Alle sind sie zu feige, um sich ihren inneren Hindernissen zu stellen. Der Udo bemüht sich, aber es fehlt ihm die entscheidende Konsequenz."

„Und dieser Steff?"

„Den hindert der Alkohol an allem. Und den Udo hat er außerdem noch als Konkurrenten."

Anton widersprach: „Ein Konkurrent kann doch immer mal auftauchen. Deshalb ist man doch nicht feige!"

„Und ob! Wenn man den anderen machen lässt, ist man feige!"

Das leuchtete Anton ein. Dass sie nur Steff als Konkurrent von Udo betrachtete und ihn, Anton, unerwähnt gelassen hatte, schmerzte. Der Gedanke, dass er auf den richtigen Weg gekommen war, stimmte ihn jedoch optimistisch. Doch der nächste machte ihn wiederum ratlos: Die Mauer, die er spürte, war nicht zu formulieren, war nicht zu greifen. Insbesondere hinsichtlich Leonard. Sie zeigte sich nur als harter Klumpen. Wie sollte er ein Hindernis mutig bekämpfen, von dem er keine konkrete Vorstellung hatte?

Connys Brust hatte sich wieder im Stoffgewand verborgen. Es war ja noch nicht Zeit dafür.

# 10.

Anton blieb bis zur Sperrstunde im *Schottenstein*. Er war in *monsterkiller* getaucht, stundenlang. Alle seine Versuche, die Wunderlanze zu erstreiten, waren ihm und Doron misslungen.

Als er das Haus verließ, um durch die Nacht zurück in die Pension zu gehen, sah er die grellen Lichter eines Autos auf sich zufahren. Es war der Sportwagen von Udo Kettele. Der Wagen hielt vor dem Eingang, Kettele sprang heraus und verschwand im Gebäude.

Anton kehrte um. Die Gestalt von Kettele war in die hell erleuchtete Küche getreten, in der Conny den Herd reinigte. Anton schlich an die Mauer neben dem Fenster. Conny hatte es ein wenig geöffnet, damit Frischluft in den Raum strömen konnte. So war es Anton möglich, einige Wortfetzen mitzuhören.

Kettele war aufgewühlt. Er hatte mit Steff ein Prozedere vereinbart. Noch in dieser Nacht sollte ein Autorennen stattfinden, zwischen Ramspau und Nittenau, entlang der Staatsstraße. Wer eher das Ortsschild von Nittenau erreichen würde, bliebe übrig – für Conny.

Conny sagte nichts.

Udo Kettele verließ daraufhin mit forschen Schritten das Haus und fuhr davon.

Kaum war Ketteles Sportwagen am Ende der kleinen Siedlung in die Zufahrtsstraße gebogen, geriet Anton in

Hektik. Er musste dranbleiben, er musste mitbekommen, wie das Rennen ausging!

Er eilte durch die nächtliche Landschaft. Tiefschwarze Wolkengebilde verdeckten den Mond. Der Weg war kaum erkennbar. Immer wieder durchquerte Anton kurze Waldstücke. In dieser Nacht waren dies völlig dunkle Räume, denn das wenige Licht, das vom Himmel schien, wurde darin von dichtem Baumgeflecht abgeschirmt.

Keuchend aus Atemnot erreichte er die Pension. Sein Wagen parkte neben dem Schuppen. Für einen Moment befiel ihn die panische Angst, der Motor könnte abermals streiken. Doch er heulte auf, glücklicherweise, und Anton konnte losfahren.

„Von Ramspau nach Nittenau", hatte Kettele erklärt. Inzwischen kannte sich Anton so gut in der Gegend aus, dass ihm auch der Ortsname Ramspau geläufig war. Ramspau lag im Südwesten. Die Rennstrecke, etwa siebzehn Kilometer lang, führte also auf der Staatsstraße entlang des Flusses Regen.

Anton entschied sich, in Nittenau auf Beobachtungsposten zu gehen. Das Wichtigste war der Zielpunkt. „Wer als Erster das Ortsschild passiert", hatten Steff und Kettele vereinbart.

Also fuhr Anton Richtung Nittenau. Er raste, denn er wusste nicht, wann das Rennen beginnen sollte und die beiden dort ankommen würden. Womöglich war Kettele sofort nach dem Gespräch mit Conny nach Ramspau gefahren. Bei seinem üblichen Tempo konnte er schon längst am Start stehen. Anton hatte bereits viel Zeit verloren. Der Weg zurück zur Pension, die Strecke bis Nittenau.

Anton erreichte endlich die Hauptstraße von Nittenau, die den Verkehr aus westlicher Richtung in die Stadtmitte leitet. Er stellte sich in die Bucht einer Bushaltestelle bei einer kleinen, vorgelagerten Siedlung. Von hier aus konnte er die Straße in Höhe des Ortsschildes gut beobachten.

Es war ein Uhr 27. Das Licht der Straßenlaternen fiel in leichten Nebel, sodass leuchtende, diffuse Lichtbälle entlang der Fahrbahn hingen. Der Fluss war nur wenige Meter entfernt. Die Häuser standen unbewegt und still wie schwarze Bausteine. Stadtauswärts führte die Straße zunächst an einigen Gebäuden vorbei, dann folgten Bäume und ein Waldstück. Der Asphaltbelag glänzte vor Feuchtigkeit. Es waren keine Autos unterwegs. Erst nach einigen Minuten näherten sich zwei Scheinwerfer. Ein Kleintransporter fuhr vorüber. Danach erstarrte die Landschaft erneut.

Anton senkte das Seitenfenster, um auch die leisesten Geräusche hören zu können. Kalte Luft strömte herein. Konzentriert lauschte er in die Dunkelheit.

In weiter Ferne heulten Motoren. Das Getöse kam näher. Plötzlich das Jaulen von Reifen. Ein dumpfer Knall. Metallisch. Dazu das Knistern von Glas, das zersplittert.

Anton bewegte sich nicht. Er horchte.

Das Heulen eines einzelnen Wagens dauerte an, wurde lauter.

Schließlich jagte ein Wagen an ihm vorbei und stach ins Innere von Nittenau. Es war nicht der Wagen von Kettele gewesen. Also hatte Steff gewonnen!

Und Kettele war verunglückt! Anton wusste sofort, wie er das Geräusch deuten sollte. Ohne zu überlegen, fuhr er los. Mit mäßiger Geschwindigkeit rollte er über den feuchten Asphalt. Soweit das Licht der Scheinwerfer reichte, war nichts zu erkennen. Er forschte in die Wiesen- und Waldstreifen rechts und links der Straße. Endlich erblickte er einen ungewöhnlichen Gegenstand. Als er näherkam, erkannte er den Sportwagen von Kettele. Er hatte mit der Fahrerseite einen Baum gerammt. Die Karosserie war stark verformt. Einige Wagenteile lagen verstreut im Gelände.

Anton hielt am Straßenrand, so, dass die Scheinwerfer auf die Unfallstelle strahlten. Zitternd vor Anspannung löste Anton den Sicherheitsgurt und stieg aus. Er lief durch den Rasen. Voller Angst, auf ihn könnte ein grauenhaftes Bild warten. Schließlich erreichte er den Wagen. Ein Zugang zum Innenraum war nur über die Beifahrertür möglich. Anton probierte. Sie ließ sich öffnen.

Udo Kettele saß verkrümmt auf seinem Sitz. Der Airbag blähte sich vor dem Lenkrad. Ketteles Gesicht war blutüberströmt. Die Brille fehlte, davongeschleudert. Offenbar war sein Kopf am Airbag vorbeigeglitten und gegen Metall oder Glas geschlagen. Er bewegte sich nicht. Auch Atmen konnte Anton nicht wahrnehmen.

Vorsichtig kroch er ins Innere des Wagens und rüttelte an Ketteles Schulter. „Kettele!", rief er. „Kettele!" Doch dieser reagierte nicht.

Anton hörte einen Wagen. Wer kam? Ein Anwohner? Polizei? Steff?

Anton kletterte nach draußen. Die Scheinwerfer hielten neben seinem Wagen. Eine Autotür schlug.

Anton verließ den Innenraum. Steff rannte auf ihn zu.

„He, was ist los?", schrie Steff.

„Er atmet nicht!"

Steff geriet in Panik: „Ist er tot?"

„Weiß nicht."

Steff erreichte Anton und den Unfallwagen. „Sind Sie ein Anwohner?", fragte er Anton. Dann aber besann er sich: „Nein, halt, ich hab Sie erst vor kurzem gesehen." Das Interesse an Kettele lenkte ihn ab. Steff stieg in den Innenraum. „Hey! Udo!", brüllte er. „Hey, rühr dich!" Er kam heraus. „Der ist tot! Der ist tot!" Ziellos rannte er umher. Dabei schlug er gegen seinen Kopf. „Scheiße, der ist tot!"

Plötzlich blickte er in Antons Gesicht. „Du warst gestern im *Schottenstein*! Wie ich gestritten hab mit ihm!" Die Erkenntnis machte ihn verzweifelt. Er packte Antons Jacke: „Warum bist du da? Das ist doch kein Zufall!"

Anton fühlte, wie Doron der Waldmagier in ihm erwachte. Um seinen Gegner zu reizen, gab er zurück: „Illegales Autorennen!" Blitzschnell wollte er zu seiner Lichtlanze greifen, doch sie stand nicht zur Verfügung. Anton erkannte seinen Irrtum, also versuchte er, Steff mit den Händen abzuwehren. Aber dieser entwickelte in seiner Aggressivität Riesenkräfte und heulte: „Du weißt, was hier los war!" In seiner Panik krallte sich Steff an der Jacke seines Kontrahenten und schob ihn vor sich her, drängte ihn gegen das Autowrack. „Wenn du einen Ton sagst, dann bin ich erledigt! Verstehst du! Erledigt! Ein für alle Mal!" Unerwartet ließ er Anton los. Er sprang zwei Schritte zurück, um ein Metallstück aufzuheben. Wie ein Beil hob er es in die Höhe und ging damit auf Anton zu.

Anton wich aus. Die Waffe schlug auf das Autodach.

Ein weiterer Wagen hielt an der Straße. Conny eilte heraus. „Ihr Arschlöcher!", brüllte sie. „Ihr Arschlöcher!"

Steff reagierte und taumelte ihr entgegen. „Der Udo …
der ist tot!"

Conny packte ihn am Ärmel. „Ihr Arschlöcher!", schrie
sie nochmals.

„Ich bin erledigt!" Steff wandte sich zu Anton. „Wenn
hier einer von euch was sagt, bin ich erledigt! Ein für alle
Mal!" Mit einem Ruck riss er sich von Conny los und lief
zu seinem Wagen. „Wer was sagt, den bring ich um!",
kreischte er.

Conny erwiderte und sie wirkte dabei wie eine Seherin:
„Du hast den Udo in den Tod getrieben, Steff. Wegen dir
hat er das Rennen riskiert. Du musst büßen, Steff, das ver-
lange ich von dir! Und zwar gleichwertig!"

Anton erschrak. Ihre Forderung war ungeheuerlich!

Steff stutzte kurz, dann verschwand er hecktisch im
Inneren seines Wagens. Der Motor jaulte auf, und er raste
davon.

Anton sah zu Conny. Sie ging nun langsam auf den
Unfallwagen zu. Anton hatte das Bedürfnis, ihr seine Anwesenheit am Unfallort zu erklären. „Ich hab es vom Udo
Kettele erfahren …", stammelte er. Das war nur teilweise
gelogen, und es war von niemandem zu widerlegen.

„Ist schon recht! An deiner Stell hätte ich auch ge-
lauscht!", sagte sie überraschend freundlich. Schließlich
blickte sie aus einiger Entfernung in den Unfallwagen, auf
die Leiche von Udo Kettele.

„Wir holen die Polizei und erzählen alles", bestimmte
sie. „Wir können und werden dem Steff nicht helfen!"

Anton nickte. Er war froh, dass Conny so dachte. Eine
Falschaussage konnte er sich nicht leisten. Wieso auch hätte

er die Polizei belügen sollen? Die Dinge lagen ohnehin günstig. Udo war tot, und Steff war erledigt.

Conny ging zu ihrem Auto und rief per Handy die Polizei. Da sich Conny beim Telefonieren von der Unfallstelle abwandte, war Anton unbeobachtet.

Der Zettel mit der kantigen Schrift in Ketteles Büro! Die Klärung der Frage, ob er tatsächlich von Utzberg stammte, trieb Anton plötzlich. Der Moment bot eine Chance. Rasch stieg Anton in den Unfallwagen und zog den Wagenschlüssel aus dem Anlasser. Er löste vom Ring den Büroschlüssel und steckte den Wagenschlüssel zurück. Dann verließ er das Autowrack. Conny telefonierte noch immer, abgewandt, mit der Polizei. Sie hatte seine Aktion nicht bemerkt.

# 11.

Anton konnte trotz quälender Müdigkeit nicht einschlafen. Die Vernehmung durch die Polizei hatte sich bis in die frühen Morgenstunden hingezogen, sodass Anton beschlossen hatte, in die Pension zu fahren und erst bei Tageslicht Ketteles Büro aufzusuchen. An einem Sonntag war auf dem Grundstück gewiss kein Betrieb, und so schnell würde niemand den Schreibtisch in Ordnung bringen und den Notizzettel entfernen.

Er lag kraftlos und ausgelaugt im Bett. Furchtbare Bilder schossen durch seinen Kopf: der Unfallwagen, das blutige Gesicht Ketteles, das Metallstück, mit dem Steff seinen Schädel spalten wollte. Er rätselte über Connys Verhalten: gegenüber Steff, als sie zu dritt an der Unfallstelle standen, und später, als sie von der Polizei vernommen wurden. Sie hatte ihn, Anton, gedeckt. Sie kenne diesen Herrn zwar aus ihrer Gaststätte, hatte sie gesagt, ein Feriengast, der regelmäßig zum Essen käme, aber er sei sicher nur zufällig vorbeigekommen. Er, Anton, war darauf eingestiegen. Den Abend habe er in einem Lokal in Nittenau verbracht und er sei auf dem Rückweg zur Pension gewesen, als ihm der Unfallwagen aufgefallen war. Conny hatte zu Protokoll gegeben, sie habe ein solches Rennen befürchtet und die beiden davon abbringen wollen, aber sie sei zu spät gekommen. Mit ihrer Aussage hatte sie Steff schwer belastet und gleichzeitig ihn, Anton, aus der Sache herausgehalten.

Betrauerte sie Kettele? Forderte sie Steffs „gleichwertige Buße" aus Verlangen nach Gerechtigkeit oder um selbst klare Verhältnisse zu schaffen? Nämlich, dass Ruhe herrschte und die Gefühle zwischen ihnen beiden endlich aufkeimen konnten?

Die Müdigkeit zog Anton in eine kurze Schlafphase. Wild tobende Bildcollagen sprangen auf ihn zu. Gleich darauf lag er abermals wach. Er öffnete die Augen und blickte zum Fenster. Es war nur ein schwarzes Rechteck. Die Vorhänge glichen den Gewändern von Nonnen. Die Stille im Zimmer drückte auf sein Gehirn.

„Doron muss gegen Utzberg antreten", dachte er. „Doron muss so rasch wie möglich die Lichtlanze erringen, damit …" Die Überlegung verlor sich. Bilder von Katja blitzten auf. Er suchte nach einer Lösung, wie er in Connys Aura treten konnte, ohne Katja zu verletzen. Das war ihm wichtig: Katja durfte keinesfalls an seiner Abschweifung leiden!

Seit über fünfundzwanzig Jahren waren sie verheiratet. Abgesehen von den unvermeidlichen Streitigkeiten, die der Alltag gelegentlich brachte, hatten sie nie eine ernsthafte Krise zu bewältigen. Anton und auch Katja, da war er sich vollkommen sicher, hatten Ehebruch-Versuchungen immer getrotzt. Seine Hingezogenheit zu Conny war etwas ganz anderes. Anton war erleichtert über diesen Gedanken. Es ging hier nicht um einen simplen Seitensprung, nein, durch die Vereinigung mit Conny würde er eine höhere Stufe seiner Existenz erreichen. Würde Katja davon erfahren, entstünde zwangsläufig Eifersucht, denn sie konnte ja trotz ihres Einfühlungsvermögens nicht ermessen, welcher Art dieses außereheliche Verhältnis war. Doch unabhängig davon, ob sie davon wisse, würde Katja daran leiden. Außer, es könnte ihm gelingen, für seinen Seitensprung zu sühnen. Vorab zu sühnen.

Die Gedanken erschöpften ihn. Er war froh, dass er diese komplexe Überlegung nicht Dr. Hummel erklären musste. Dieser wäre damit gewiss überfordert. Es war also vernünftiger, sie auf eigene Faust weiterzuverfolgen.

Befriedigt, dass er einen Lösungsansatz für dieses Problem gefunden hatte, sank er wieder in den Schlaf.

„Dreihundertzwanzig, hundertvierzig." Die Zahlen rissen ihn aus einem kurzen Traum. Sie irritierten ihn. Nein, alles war in Ordnung, alles war richtig abgerechnet. Anton drehte sich zur anderen Seite und starrte gegen die Wand. Er schloss die Augen und versuchte, mit einer Meditationsübung in den Schlaf zu finden. Er musste schlafen. Das Nachdenken musste ein Ende haben! Die Lösung des Conny-Katja-Problems wollte er später finden. Jetzt wollte er schlafen, um den folgenden Tag gut durchstehen zu können. In gleichmäßiger Folge holte er Bilder aus seinem Leben herbei, von denen er sich eine besänftigende Wirkung versprach: der Blick auf eine Urlaubslandschaft, die Porträts seiner Enkelkinder, die Dorfkirche seines Geburtsortes. Bald zerstreute sich die Folge und wieder flüsterte sein Gehirn die Zahlen: „Dreihundertzwanzig, hundertvierzig." Er rechnete. „Dreihundertzwanzig durch zwei sind hundertsechzig, nicht hundertvierzig. Macht hundertachtzig für mich und hundertvierzig … Zwanzig Euro zu wenig." Eine Beklemmung bedrückte seinen Atem. „Ich habe ihm zwanzig Euro zu wenig gegeben. Ich habe mich verrechnet. Absichtlich zu seinem Nachteil verrechnet!"

Beim letzten Konzert, in der Stadthalle von Moosburg, hatten Anton und Leonard siebzig Prozent der Einnahmen erhalten. Das war mit dem Veranstalter so ausgemacht. Siebzig Prozent entsprach dreihundertzwanzig Euro. Anton hatte das Geld in bar entgegengenommen und Leonard die Hälfte weitergereicht. Hundertsechzig Euro. Hundertsechzig hätten es sein sollen. Anton hatte ihm aber nur hundertvierzig in die Hand gedrückt. Er erinnerte sich genau. Es waren zwei Fünfziger und vier Zehner gewesen. Vier Zehner, keine sechs. Und dazu hatte er erklärt: „Wir kriegen dreihundertzwanzig." Leonard war gerade dabei, in der Garderobe seine Tasche zu packen. Anton war nach dem Abrechnen hereingekommen und hatte gesagt: „Wir kriegen dreihundertzwanzig." Leonard war damit zufrieden. Anton griff daraufhin in das Geldkuvert und gab Leonard die Scheine. Zwei Fünfziger und vier Zehner. Keine sechs. Leonard war in diesem Moment nicht aufmerksam. Nach einem Liederabend war er nie aufmerksam. Geldangelegenheiten waren nicht seine Sache. Darum regelte Anton meist das Finanzielle. Leonard rechnete niemals nach. Er nahm das Geld, so beiläufig, wie er es immer tat, und steckte es in eine Falte seiner Tasche.

„Warum habe ich ihm nur hundertvierzig gegeben? Hundertachtzig für mich, hundertvierzig für ihn", überlegte Anton. Dreihundertzwanzig durch zwei ist eine so simple Division, dass man sich nicht verrechnet. Er, Anton, verrechnete sich nicht; Leonard leicht, denn er war unkonzentriert nach einem Auftritt.

Anton wälzte sich im Bett, rollte sich zusammen und zog die Decke weit über die Augen, um nicht auf das schwarze Fensterrechteck sehen zu müssen. Was hatte er in diesem Moment gedacht? Der Moment war fast zwei Wochen her. Ja, gewiss hatte er auch vor zwei Wochen schon das grelle Gefühl, Leonard gelinge alles, was er anfasste.

Jetzt fiel es Anton wieder ein: Leonard hatte auf der Autofahrt nach Moosburg erzählt, dass es mit dem Hauskauf klappen könnte. Könnte! Seine Frau verfüge über einen Kontakt im Hintergrund. Natürlich drückte Anton seine Daumen. Aber nicht ohne Bitterkeit, weil sich ein solches Glück wiederum für Leonard öffnete. Er, Anton, hingegen hatte immer nur mit Widrigkeiten zu kämpfen, wie die Angriffe seiner Kollegen. Allen voran: Utzberg.

Hatte er deshalb zwanzig Euro unterschlagen? Hatte er in diesem Moment gedacht: „Ein bisschen Benachteiligung hole ich mir zurück. Vom Schicksal, in Gestalt von Leonard. Dreihundertzwanzig geteilt durch zwei macht hundertsechzig für Leonard!"

Das Telefongespräch! Das rätselhafte „Servus". Leonard hatte ihm zwar mit Begeisterung vom Vertragsschluss berichtet, aber das Gespräch hatte mit einem Missklang geendet. Beim abschließenden „Servus" war eine Enttäuschung Leonards zu spüren. Leonard hatte gewiss inzwischen die Scheine aus seiner Tasche genommen und in Ruhe nachgerechnet: „Dreihundertzwanzig durch zwei. Anton hat mich um zwanzig Euro betrogen!" Nein, Leonard war nicht der Typ, der wegen zwanzig Euro nachhakte. Vielleicht meinte er ja tatsächlich, Anton habe sich schlichtweg verrechnet. Aber diese Möglichkeit schien, je länger Anton die Aspekte abwog, unwahrscheinlich. Leonard spürte gewiss Antons Unausgeglichenheit, und er spürte ebenso gewiss seinen verhohlenen Neid. „So falsch ist also Anton", würde er sich mittlerweile denken. „Anton ist intelligent, er verrechnet sich nicht."

Anton konnte sich nicht so einfach entschuldigen. Das wurde ihm bedrückend klar. Dafür war es zu spät. Leonard würde ihm niemals abnehmen, dass er erst jetzt ein dummes, so augenfälliges Versehen bemerkt habe. Leonard würde den richtigen Rückschluss ziehen: Anton habe auf diese Weise seinen Neid kompensiert und er sei charakterlich unzureichend. Ein Bruch wäre die Folge. Gelänge es Anton hingegen, den Betrug geheim zu halten und zu sühnen, würde Leonard den Vorfall womöglich als Versehen werten, zumindest bliebe er im Zweifel und er könnte diesen Zweifel positiv auslegen, also zugunsten von Anton. Der Vorfall würde schließlich mit dem Zeitverlauf verblassen. Anton verfiel in traumloses Dahindösen. Auf irgendeine Weise verstrich die Zeit. Hinter dem Rollladen brach der Morgen an.

## 12.

Es war Sonntag. Aus der Küche drang das Geräusch eines Küchengerätes. Ein Radio lief. Geistliche Gesänge verbreiteten sich im Haus. Vermutlich wurde eine Messfeier übertragen.

Anton wollte spazierengehen. Er wollte die Erkenntnisse durchdenken und nach der richtigen Folgerung suchen. Wie sollten diese Hindernisse durch eine mutige Tat überwunden werden? Er wollte zudem ja den Zettel in Ketteles Werkstatt prüfen. Dafür wollte er bis zum späten Vormittag warten, wenn ein Großteil der Bewohner in der Kirche saß.

Nachdem er sich geduscht und angekleidet hatte, ging er zu Frau Feicht. Sie hatte gute Laune. Rasch holte sie eine große Tasse und einen Teller aus dem Küchenschrank und schenkte Kaffee ein. Den Teller überhäufte sie mit drei Stücken einer frischgebackenen Rohrnudel. Auf dem Rückweg zum Zimmer begegnete er Herrn Feicht. Er war im Sonntagsanzug. Wenn seine Frau in der Küche fertig sei, wollten sie in die Messe in Sankt Jakobus in Fischbach. Anton hörte eine Einladung und Aufforderung heraus. Er versprach, er komme später nach.

Bald darauf wanderte Anton durch die Landschaft. In den Wiesen standen hier und dort Krähen. Anton fühlte sich beobachtet. Es war trocken, aber wuchtige Wolken verhießen Regen.

Seine Schuld, die er gegenüber Leonard aufgeladen hatte, war das Einzige, was noch zählte. Wie sollte er selbst damit zurechtkommen? Wie sollte die Sache zwischen Leonard und ihm ausgemerzt werden?

Sie war nicht auszumerzen. Das wurde Anton immer deutlicher. Er verharrte vor einer kahlen Lärche. Der Herbstwind hatte alles von ihr gerissen, was nicht fest verwurzelt in der Erde verankert war. Das Holz schien brüchig, beinahe tot.

So war Antons Leben geworden. Brüchiges, sterbendes Holz. Er wusste, er konnte Leonard nie mehr unter die Augen treten. Nie wieder würden sie gemeinsam, unbefangen und freundschaftlich, Lieder von Schubert, Mendelssohn und Schumann zum Besten geben. Die Musik könnte nicht mehr fließen, die Schuldgedanken würden sie zum Erliegen bringen. Anton griff an den Stamm der Lärche. „Bin gewohnt das Irregehen, 's führt ja jeder Weg zum Ziel." Er klopfte mit den Fingern die Melodie auf das Holz. Was hatte er noch? Seine Professur, die eine Quälerei geworden war, seine Ehe mit Katja, die eintönig in ihrem Gleis dahinfuhr, seine Enkelkinder, die er nur alle paar Wochen sah. Doron hatte er noch. Doron, der für ihn treu jeden Kampf bestritt. Aber sonst? Sein Leben würde dürr und öde werden. Er hatte es selbst zerstört!

Anton trat gegen den Baumstamm. Wütend und verzweifelt.

Er brauchte Conny! Schlicht: Er brauchte Conny! Durfte er Hoffnung haben?

Er lehnte sich mit dem Rücken gegen den Baum. Das Bild der Landschaft war plötzlich ein anderes. Die Sonne spitzte durch die Wolken, ein warmer Strahl fiel in Antons Gesicht. Es musste einen Weg geben, die Mauer in seinem Inneren niederzureißen! Es musste!

Der Weg zu Ketteles Werkstatt führte über den Kirchplatz. Die Messe war gerade zu Ende, und die Gläubigen strömten aus dem Portal des Gotteshauses, erbaut vermutlich im frühen Rokoko.

Das Ehepaar Feicht kam ihm entgegen. Anton musste jetzt so langsam durch einen Menschenschwarm steuern, dass Herr Feicht gegen das Wagenfenster klopfen konnte. Anton kurbelte die Scheibe notgedrungen herab.

„Sie sind leider zu spät. Die Messe ist schon aus", sagte Herr Feicht.

Anton zeigte gespieltes Bedauern.

Frau Feicht rief über die Schulter ihres Mannes: „Aber in Nittenau ist sie erst um halb elf."

Anton bedankte sich, kurbelte die Scheibe nach oben und bahnte sich vorsichtig einen Weg aus der Menge.

Das Gelände rund um die Werkstatt war an diesem Sonntagvormittag wie ausgestorben. Anton parkte den Wagen am Straßenrand und ging in den Hinterhof. Der Schlüssel passte, und er gelangte in das kleine Büro. Noch immer lag der Zettel halb unter dem Kontoauszug. Anton hob ihn hastig vor die Augen. „Bitte vergessen Sie nicht, die Bremsscheiben an den Hinterreifen zu prüfen." Unterschrieben war mit „Homann". Nicht „Utzberg", sondern „Homann". Es schien Anton unwahrscheinlich, dass ein Homann aus der Oberpfalz die gleiche Schrift besaß wie Utzberg aus Oberbayern. Er schloss daraus, dass sich Utzberg unter einem Decknamen hier herumtrieb. Utzberg war zu allem fähig!

Dann fiel sein Blick auf den Schlüsselbund mit dem Anhänger „Stockenfels". Der Bund lag noch immer wie achtlos hingeworfen auf dem Schreibtisch.

Das Wort „Stockenfels" erregte ihn. Er erinnerte sich an Connys Aussage, als sie im Burghof gestanden und über das mitternächtliche Treiben gesprochen hatten: Es gebe nichts Grauenvolleres, als dem Teufel in die Augen zu schauen! Und dann hatte sie noch gesagt, das sei nur was für die Mutigen! Die Mutigen!

Dem Teufel in die Augen schauen! Auf Burg Stockenfels!

Die Ruine ist der Ort, an dem Sühne geleistet wird, also sei sie für sein Begehren genau der richtige Ort, überlegte Anton. Er wollte Sühne leisten für seinen gedanklichen und geplanten Betrug an Katja sowie für seine Verfehlung gegenüber Leonard! Dem Teufel in die Augen schauen! Der Teufel würde ihm die angemessenen Leiden abfordern, sodass er frei werden würde. Frei für Conny!

Der Waldmagier Doron war täglich dem Grauenvollen ausgeliefert. Mit Monstern musste er kämpfen, um vorwärts zu kommen. Was Doron in der virtuellen Welt gelang, das müsse auch *ihm* auf Stockenfels gelingen. Conny habe diesen Weg mit ihrer Aussage vorgegeben, dachte er. Versteckt und doch gezielt. Jetzt hatte er den Hinweis verstanden!

Wieder war Anton froh, dass er die regelmäßigen Gespräche mit Dr. Hummel hatte auslaufen lassen. Er hätte ihm in diese Überlegungen gewiss nicht mehr folgen können. Es gebe Dinge im Leben, so Anton, die man ohne fremde Hilfe durchstehen müsse. Und: An den Weggabelungen und Meilensteinen sei der Mensch stets auf sich alleine gestellt.

Anton nahm den Schlüsselbund und steckte ihn ein. Er wusste: Vor ihm lag ein Martyrium.

Auch für diesen Nachmittag hatten sie eine Massage vereinbart. Sie musste allerdings kürzer als üblich ausfallen, denn Conny hatte zwischen dem Mittagstisch und den Kaffeegästen nicht viel Zeit.

Anton war dies recht. Er fürchtete ohnehin, Conny könnte wieder bemerken, wie sehr ihn eine innere Explosion aufgerissen hatte. Er wollte ihr zwar einerseits zeigen, dass ihre Worte wie eine Egge in seine verkrustete Oberfläche gedrungen waren, er also als gelehrig und wandlungsfähig gelten musste, andererseits aber ritt ihn doch auch der Stolz, der ihn ermahnte, Eigenständigkeit zu demonstrieren – ja sogar seinen Eroberungswillen deutlich zu machen.

Conny, sie massierte gerade seinen Rücken, meinte tatsächlich: „Irgendwie bist du heut ziemlich lädiert? Stimmt's?"

Anton hatte eine gute und durchaus wahrheitsgemäße Erklärung: „Na ja, der Unfall hat mich schon arg schockiert."

„Ja, mich auch", sagte Conny. „Der Udo tot. Wir haben uns ja doch viele Jahre gekannt. Seit der Kindheit." Nach einer längeren Pause fügte sie an: „Der Steff ist übrigens auch tot."

Anton erschrak. Er bemühte sich, seine Freude nicht zu zeigen. „So? Wie das?"

„Er hat einem Polizisten die Dienstwaffe aus der Hand gerissen und sich erschossen. Heute Morgen."

„So was!", entfuhr es Anton.

Conny ergänzte: „Die Schwester vom Steff hat mich angerufen. Sie hat gemeint, das hat so einfach so kommen müssen."

Anton war bestürzt. Ihre Macht war beängstigend und faszinierend zugleich.

Dann schwiegen sie. Die Stille wirkte wie eine Schweigeminute. Die Betroffenheit, die in dieser Andacht lag, beschränkte sich aber auf den Schock, der sich angesichts der brutalen Entwicklung aufgedrängt hatte, und zeigte keine Trauer über einen erlittenen Verlust.

Bald ruhte Antons Kopf in ihrem Schoß. Conny knetete seine Schultern. Der Mandelduft des Massageöls schmeichelte Antons Nase. Ihre entblößten Arme berührten immer wieder sein Gesicht.

Es war Zeit, jetzt diesen Eroberungswillen zu zeigen. Udo und Steff hatten sich selbst ausradiert. Der Weg war nahezu frei. Nur das Martyrium auf Stockenfels fehlte.

Als Conny mit der rechten Hand Öl auf seine linke Schulter träufelte und der Arm sein Gesicht kreuzte, hob Anton rasch den Kopf und drückte einen Kuss auf ihre weiße Haut. Dann lächelte er siegesgewiss.

„Dir gefallen meine Arme, gell?", sagte Conny mit leichtem Schmunzeln. Sie knetete weiter seine Schulter, als sei nichts geschehen. „Meine Hände und Arme haben schon vielen gefallen."

„Kann ich mir denken", antwortete Anton. „Aber keiner hat dich gekriegt."

Conny schwieg.

„Wegen der inneren Mauern oder der Feigheit!"

Sie nickte. „Oder zu waghalsig!", fügte sie hinzu.

„Ich krieg meine Mauer los!", beteuerte Anton. „Das schwör ich dir!"

Wieder schmunzelte Conny. Anton sah darin eine Bestärkung. Bislang *hoffte* er lediglich, den Kniff gefunden zu haben. Conny spürte gewiss dank ihres tiefsinnigen Wesens, dass es tatsächlich der richtige war. Anton schloss die Augen und genoss ihre verheißungsvollen Berührungen. Noch eine Nacht, dann würde sie seiner Einladung nicht mehr widerstehen können.

Anton musste die vielen Stunden bis Mitternacht irgendwie überbrücken. Er verfiel in eine innere Starre. Sein Denken und Fühlen beschäftigte sich nur mit Oberflächlichkeiten: Hunger, Durst, Müdigkeit und Spieltrieb. Er verbrachte eine knappe Stunde zum Abendessen im *Schottenstein*. Er gab sich dabei als gewöhnlicher Gast. Conny hatte viel zu tun, also fiel seine Haltung nicht auf. Die übrige Zeit verharrte er im Bett.

Zwischendurch warf er einen Blick in seinen Mailbriefkasten und entdeckte eine Nachricht von Katja: „Ich bin wohlbehalten zurück. Wenn es bei dir passt, komme ich morgen (Montag) vorbei und schaue, wie es dir geht."

Natürlich passte ihr Besuch nicht. Morgen musste er freie Hand haben. Er wollte ihre Fürsorglichkeit bremsen, also antwortete er, jetzt sei er endlich in einen Schreibfluss gekommen. So gerne er sie sehen würde, aber er würde lieber durcharbeiten. Er bat sie um Verständnis.

Sofort danach schlüpfte er wieder in das Bett. Er stierte zur Zimmerdecke und verfolgte die Geräusche im Haus. Der Sohn war aus Tschechien zurück. Anton hörte seine Stimme im Treppenhaus. Er redete mit seinem Vater, anschließend ging er in sein Zimmer. Eine Stunde später verließ er das Haus. Anton vernahm das Schlagen der Tür. Am frühen Abend kamen neue Gäste. Ein Hund bellte. Bald darauf herrschte abermals Ruhe. Nur das Schnarren eines Küchengerätes drang zu Anton herauf, dann das Lärmen eines Fernsehapparates.

Anton vermisste sein *monsterkiller*. Er wollte nicht länger als nötig im *Schottenstein* sitzen, und hier in der Pension war das Spielen ja nicht möglich. Doch Anton waren die Elemente des Szenariums so vertraut, dass er die Aktion hilfsweise in seinem Kopf stattfinden lassen konnte. Auf dem *Weg der Finsternis* stand Doron davor, das Megamonster Triotron herauszufordern. Ein gefährlicher Gegner mit fürchterlichen Eigenschaften. Dieser bewachte den Schatz der Oliaden. Sein Besitz war ein wichtiger Schritt auf dem Weg zum Schlusskampf gegen Hyraklon und der Eroberung der Lichtlanze. Es war ohnehin von Vor- teil, diesen großen Kampf vorab mental zu üben.

Entrückt fixierte er einen Punkt an der Zimmerdecke und entfaltete gleichsam eine Projektionsfläche für seine Vorstellungswelt. Auf ihr simulierte er den Kampf zwischen Doron und Triotron. Er dauerte lange, und er wurde erbittert geführt. Bis ihn Doron gewann.

Dann endlich war es Zeit.

# 13.

Antons Smartphone zeigte 23 Uhr 28.

Er war noch zum Wagen gegangen und hatte eine Taschenlampe sowie eine Decke aus dem Kofferraum geholt. Es konnte auf der Burg empfindlich kalt werden. November. Der Winter kam heran.

Nun ging er ruhig dahin. Der Weg über die Feldwege und durch die Waldstücke war ihm mittlerweile so vertraut, dass er, ohne zu überlegen, dahinwandern konnte. Er war fest entschlossen. Der Plan, seine Schuld gegenüber Katja und Leonard zu sühnen, steckte wie ein Grundstein in seinem Inneren. Es gab nichts zu überdenken oder gar zu bezweifeln. Der Plan musste lediglich ausgeführt werden. Nur eins war wichtig: die Mauer beseitigen, Mut beweisen!

Das Wetter hatte sich seit Antons Morgengang nicht verändert. In der kühlen Luft hing Feuchtigkeit. Das trübe Licht des abnehmenden Mondes machte aus den Wolkenfetzen, die stoisch über die Wiesen und Wälder zogen, rätselhafte Schatten. Sie wirkten, als würden sie eine Zusammenkunft von Himmelsgestalten zeichnen.

Die Landschaft schwieg. Die weißen, blätterlosen Birken glichen erstarrten Skeletten. Die hohen Kiefern standen wie verhungerte Insekten umher. Dass Anton durch ihre Ansammlungen marschierte, bemerkten sie nicht. Es war tiefe Nacht. Die Zeitspanne gehörte dem Mond und einigen Eulen. Niemand sonst. Und sie gehörte womöglich irgendwelchen stofflosen Wesen auf der nahen Burg. Auch das, was sich innerhalb ihrer Mauern zutrug, geschah nicht als Äußerung dieser Landschaft. Es war das Geschehen in einer eigenen, abgeschlossenen Welt.

Auf halber Strecke, der Weg führte gerade über eine Wiese, blieb Anton stehen und überblickte die Umgebung. Er glaubte, Utzberg drüben bei einer Baumgruppe entdeckt zu haben. Geisterträger mussten ihre Gefangenen vor Sonnenuntergang abliefern, erinnerte er sich. Also konnte es nur Utzberg sein. Dass er, Anton, zu dieser Stunde auf dem Weg nach Stockenfels war, musste ihn beeindrucken. Utzberg würde vor Feigheit an dieser Stelle umkehren. Anton genoss es, dem Kontrahenten seine Unerschrockenheit zeigen zu können. Doch die Figur bei den Bäumen bewegte sich nicht. Vielleicht bestand sie nur aus aufgestapeltem Holz, dessen Silhouette aus Antons Perspektive Utzberg glich. Aber nein, Anton blieb bei seiner Überzeugung, es war Utzberg. Mit demonstrativer Gelassenheit setzte er seinen Weg fort. Schließlich erreichte er die Lichtung vor der Burg. Der Mond wurde soeben von einer dichten Wolke verdeckt, sodass nahezu vollständige Finsternis herrschte. Die Turmfassade erhob sich trotzig und gleichgültig wie eh und je. Die Feuchtigkeit legte einen schwarzen Schimmer auf das Granitgestein.

Anton näherte sich langsam. War es ihm bislang gelungen, alle Empfindungen zu verdrängen, so erfasste ihn nun doch jener Schauer, den der Anblick einer nächtlichen Burg einem Menschen aufzwingt. Anton rieb seine Hände. Sie waren kalt geworden. Das Smartphone zeigte 23 Uhr 43. Er hatte also noch eine gute Viertelstunde Zeit.

Nun holte er die Taschenlampe hervor und suchte im Gelände nach dem Anfang der Treppe. Die Stufen lagen ja so unregelmäßig und schief, dass er fürchtete, ohne Licht zu stürzen. Als er die unterste gefunden hatte, leuchtete er aufwärts, stieg die Treppe empor und gelangte vor das Portal. Er ließ das Licht über die Mauer gleiten. Niemals war die Burg erobert worden. Keiner hatte die Wehrhaftigkeit der Anlage je überwinden können. Nur wer einen Schlüssel besaß, hatte Zutritt. Anton griff in die Tasche seiner dicken Jacke und umklammerte den Schlüssel.

In diesem Moment gab das Wolkengebilde das Mondlicht frei, und die Mauer der Burg schimmerte plötzlich wie eine Fläche aus Marmor. Begrüßte ihn die Burg? Oder warnte ihn der Mond?

Anton war nicht hier, um Fragen zu beantworten.

Über die kleine Metalltreppe erreichte er das Portal. Der Schlüssel passte. Anton entsperrte das Vorhängeschloss und öffnete das Gittertor soweit, dass er an das eigentliche Tor, das mächtige Holztor, herankam. Der Schlüssel knackte im Schloss. Es sprang auf. Die Tür ließ sich öffnen. Anton schlüpfte ins Innere. Ehe er sich orientierte, zog und schob er die beiden Tore zu. Damit war sichergestellt, dass er nicht gestört werden konnte. Utzberg war ausgesperrt.

Nun stand er im Hof. Er kannte ihn, aber er wollte sich mit ihm vertraut machen. Also leuchtete er mit der Taschenlampe über die Wände. Rechterhand erhob sich die Ruinenmauer des Palas, linkerhand die Fassade des Turms. Das Licht der Taschenlampe wanderte anschließend zum Brunnen, der sich unmittelbar neben Anton befand. Anton beschien den Streitbalkon, der an der Palasmauer begann, oberhalb des Portals verlief, an der Turmseite abknickte und am hochgelegenen Zugang zum Turm endete. Von diesem Zugang aus führte die später hinzugefügte Holztreppe abwärts in den Hof. Das Quadrat des Hofes war einst verkleinert durch den Küchenbau, errichtet gegenüber der Portalseite. Von der Küche war nur eine Vertiefung in der Mauer zur Rückseite der Burg übrig geblieben. Hier loderte vor Jahrhunderten das Feuer der Kochstelle, deren Rauch über einen Kamin ins Freie geführt wurde. Anton beschloss, sich auf den Sims dieser Vertiefung zu setzen. Von hier aus hatte er einen guten Überblick über den Hof und die Turmfassade samt Streitbalkon und Holztreppe, und er konnte hinüber zu den Mauerresten des Palas' sehen. Er knipste die Taschenlampe aus. Nur so würde der Ort seine Atmosphäre gänzlich entfalten.

Der Mond warf sein blasses Licht auf die Mauer des Turmes. Der Widerschein erhellte den Hof ein wenig; aber lediglich so viel, dass sich die Flächen durch unterschiedliche Schwarz- und Grautöne voneinander abhoben. Es roch nach feuchtem Gestein, durchsetzt von Moder. Anton glaubte auch, den Gestank von Verwesung wahrzunehmen. Vielleicht lag irgendwo in der Finsternis ein totes Tier.

Wieder war Anton völliger Stille ausgesetzt. Nichts erinnerte an den Lärm der Städte und Autobahnen. Sogar die Natur schwieg. Da der Herbst die Kronen der Bäume geleert hatte, traf die leichte Bewegung der Luft auf nichts, das Rascheln oder Rauschen verursachen konnte. Plötzlich hörte Anton ein hektisches Flattern. Es war nur wenige Meter entfernt. Eine Eule oder ein Uhu. Das Geräusch verlor sich in der Ferne.

Dann endlich schlug eine Kirchenglocke. Gewiss Sankt Jakobus in Fischbach. Gleichmäßig und friedlich. Sie klang, als dächte sie, alle außer ihr würden schlafen. Ihr sanftes Tönen wirkte wie ein Wiegenlied. Sie wusste ja nicht, dass eines ihrer Schützlinge abtrünnig war und fern ihrer Behütung wachte.

Anton hielt den Atem an. Es war nichts zu sehen, und doch überkam ihn das Gefühl, dass sich die Atmosphäre auf der Burg verändert hatte. Eine nahezu unmerkliche Betriebsamkeit hatte eingesetzt.

Ein schwarzes Wesen löste sich aus dem Dunkel beim Brunnen. Es hatte die Gestalt eines Hundes oder Wolfes. Anton erinnerte sich an das Tier, das vor einigen Tagen die Landstraße gekreuzt hatte, auf dem Rückweg von Nittenau. Das Wesen bemerkte Anton. Als habe es seinen Herrn erkannt, kam es näher und streifte schließlich an Antons Schuhen entlang. Anton bewegte sich nicht. Das Tier machte ihm Angst. Es blieb eine Weile stehen, stellte die Ohren auf und blickte in die Finsternis. Offenbar nahm das Tier etwas Auffälliges wahr. Es duckte seinen Körper wie eine Katze, die eine begehrte Beute ausgemacht hatte, und schlich der Tür im Erdgeschoss des Turmes entgegen.

Dort entstand Lärm. Die Tür führte einst zum Kellerverlies, das hatte Anton gelesen. Mit einem kräftigen Handgriff wurde sie plötzlich aufgerissen, und zwei derbe Burschen kamen in den Hof. Sie trugen grüne und braune Röcke, grob geschneidert, mittelalterliche Kleidung, und brachten Leuchter mit brennenden Kerzen. Nachdem sie den Hof durchquert hatten, ohne Anton zu bemerken, betraten sie den Palas. Sie durchdrangen die Mauern, als seien sie nicht vorhanden, und stellten die Leuchter auf einen Tisch, der gleichzeitig inmitten des Ruinengeländes sichtbar wurde. Er schwebte in einem Raum, der keinen Boden besaß. Rötliches, festliches Licht, das an seinen Rändern flackerte, schälte ihn aus der Dunkelheit. Unterdessen krochen weitere Personen, weibliche und männliche Dienerschaft, aus der Tiefe. Sie schafften Bänke und Hocker heran. Irgendwo musste sich eine Küche befinden, denn andere servierten nun Speisen und Getränke. Gebratenes Wild und Geflügel türmten sich auf riesigen Tellern. Dazwischen steckten Weintrauben und Äpfel. Schalmeien und Fiedeln erklangen, begleitet von Trommeln. Die unsichtbaren Musiker spielten ausgelassene Tanzmusik. An der Tafel hockten plötzlich Ritter mit ihren Damen. Wie alle Gegenstände und Personen waren auch sie durchscheinend. Durch ihre Körper verliefen die Konturen der dahinterstehenden Mauern. Die Tischgesellschaft hob die Becher und prostete dem Burgherrn zu. „Ein Hoch auf dich, Ritter Kunz Schott von Schottenstein!", grölten sie. *Schottenstein*, ein düster dreinblickender Ritter, stieß mit seinen Tischgenossen an. Sie leerten die Becher. Aus ihren Mündern quoll roter Wein, als wäre er das Blut ihrer zahllosen Opfer. Beim krachenden Aufsetzen der Becher sprühten Funken empor.

Anton drückte sich in die Mauervertiefung. Er saß günstig. Kein Licht fiel auf ihn, sodass er von den gespenstischen Dienern, die unaufhörlich durch die Burg rannten, nicht bemerkt werden konnte; erst recht nicht von der Festgesellschaft. Würde ihn, den unbefugten Zeugen, Ritter Schottenstein aufspüren, landete er gewiss im Verlies oder am Galgen, mutmaßte Anton.

„Los, ihr faules Gesindel", hallte es plötzlich aus dem Brunnenschacht. Es wurde mit Ketten gerasselt, Peitschen schlugen. Offenbar begann das allnächtliche Strafritual für die Bierpanscher.

Die Gesetzesbrecher waren gegen ihren Willen hierher gebracht worden. Von Gott, dem Teufel oder von Geisterträgern.

Eine schwarze, gedrungene Gestalt sprang aus dem Brunnen. Das musste der Teufel sein. Er war am ganzen Körper behaart, und aus seinem Schädel ragten zwei Hörner. Der Unterschenkel seines linken Beines mündete in einen Pferdefuß, und ein Schwanz wedelte an seinem Hinterteil. Ohne Zweifel: Es war der Höllenfürst!

Das hässliche Männchen postierte sich auf dem Brunnenrand und stach mit einem dreizackigen Spieß in die Tiefe. „Wirtin von Steinweg, schieb an", befahl er. Eine Leiter wurde aus dem Brunnen geschoben. Sie fuhr an der Turmfassade empor, so lange, bis die oberste Sprosse die Höhe des Dachfirstes erreicht hatte. Dann quälten sich die Bierpanscher herauf. Männer und Frauen aus allen Jahrhunderten. Sie kletterten mit gebückten Schultern. Schmerz zeigte sich in ihren Zügen. Sie trugen schwere Eimer aus Holz und Blech. Es krochen so viele aus dem Brunnen, dass sie eine Kette bis zur Spitze der Leiter bildeten.

Der Teufel schien, zufrieden zu sein, weil ihm alle widerstandslos gehorchten. Wie ein Affe flitzte er schließlich die Leiter hinauf, vorbei an den Sträflingen, und hockte sich auf die oberste Sprosse. Er riss den Eimer aus der Hand des vordersten Bierpanschers und schüttete das Wasser in eine Rinne. Das Wasser, mit dem das Bier einst betrügerisch verdünnt worden war, wurde über diese Rinne aus der Burg geleitet. Als der erste Eimer geleert war, trat der Teufel dem Gefangenen mit seinem Pferdefuß ins Gesicht, sodass dieser zurück in den Brunnen stürzte, um sich mit einem aufgefüllten Eimer erneut einzureihen. Unterdessen leerte der Teufel den nächsten Eimer, und so fort. Dazu stieß er schreckliche Flüche hervor oder er lachte sadistisch, wenn er einen Träger geschunden hatte.

Allmählich wurde die Lage für Anton bedrohlich. Das Geschehen nahm inzwischen den ganzen Hof in Anspruch. Aus dem festgefügten Boden waren Folterstühle gefahren, auf die man weitere Delinquenten gefesselt hatte. Auf ihren Schößen tanzten kleine Teufel und zwangen sie, Wasser aus großen Humpen zu saufen. Die Teufel schütteten solche Mengen in sie hinein, dass ihre Bäuche anschwollen. Die Gequälten schrien vor Schmerz. Ihr Brüllen mischte sich mit dem Gekreische des Teufels und dem Klagen der Wasserträger. Weiterhin drang das Lärmen der Festgesellschaft herüber. Es war ein entsetzliches Tosen und Toben.

„Wenn sie mich entdecken, gelte ich als bloßer Gaffer", dachte Anton. Nervosität und Angst trieben ihn an. „Ich muss meine Freiwilligkeit und Sühnebereitschaft demonstrieren." Dann überlegte er, wie wohl Doron an seiner Stelle reagieren würde. Er hatte den Waldmagier schon so oft in Kämpfe geschickt! Und immer war er mutig, ohne Scheu und Zögern, den übermächtigsten Feinden entgegengetreten! Anton musste ebenso unerschrocken sein!

Entschlossen stieg er aus seiner Nische und stellte sich breitbeinig auf. „He, Teufel!", rief er hinauf zum oberen Ende der Leiter.

Der Höllenfürst merkte auf. „Was willst du von mir?"

„Ich will dich sprechen!" Dabei sah er tapfer in die Augen des Teufels. Sein Blick schmerzte, als würde er mit einem Messer zustoßen.

„Du bist ein lebender Mensch! Du bist ohne Erlaubnis hier eingedrungen!" Er machte eine Handbewegung, und die kleinen Teufel an den Folterstühlen stürmten auf Anton zu.

„Ich bin hier, um Sühne zu leisten!", antwortete Anton.

Wieder gab der Höllenfürst ein Zeichen. Die kleinen Teufel brachen ihren Angriff ab und umzingelten stattdessen den Unbekannten.

Einer der kleinen Teufel kletterte rasch die Leiter empor und übernahm das Entleeren der Eimer. Der Höllenfürst konnte sich nun Anton widmen. Er sprang herab, vom Dachfirst des Turmes bis auf den Boden des Hofes, vor Anton. Die übrigen kleinen Teufel kehrten zurück zu den Folterstühlen, um dort weiter Wasser in die Münder der Delinquenten zu schütten.

„Du willst Sühne leisten?", fragte der Teufel. Er schien erstaunt.

„Ich bin aus freien Stücken hier und hoffe auf eine gerechte Strafe, dann aber auch auf eine Entlassung aus meiner Schuld."

Der Teufel zog seine struppige Augenbraue nach oben und dachte nach. „Seit wann vergibt der Teufel Sünden?", krächzte er schließlich. „Aber, wir werden sehen! Wir wenden sehen!" Er kniff ein Auge zu, mit dem anderen fixierte er Anton. „Du bist Anton Wiesmeier, Professor aus München!"

Anton erschrak, dann aber fand er es natürlich, dass der Teufel jeden mit Namen kannte.

„Und du willst deine Frau Katja betrügen und hast deinen Freund Leonard um zwanzig Euro betrogen!"

Demütig blickte Anton nach unten. „Beides behindert mich. Wie kann ich die Schuld auslöschen?"

Der Teufel lachte und rief. „Komm, wir wollen miteinander kegeln." Dabei nahm er Anton bei der Hand. Die Pranke des Teufels war heiß wie glühendes Eisen. Der Teufel riss Anton in die Höhe, und sie flogen hinüber in den verfallenen Saal, in dem eben noch das Festgelage stattgefunden hatte. Ritter Schottenstein und seine Gäste waren verschwunden, die Festtafel hatte sich in eine Kegelbahn verwandelt. Das Ende der Bahn war verdunkelt, weshalb Anton die Kegel nicht sehen konnte.

Neben der Kegelbahn waren Spieltische entstanden, an denen Kartenspieler saßen. Sie schienen, ausgelaugt und verzweifelt zu sein, und sie wirkten, als ob sie schon ewig hier mit schlechten Karten antreten mussten. Offenbar verloren sie allesamt jedes Spiel. Bis zum Tag des Jüngsten Gerichts hatten sie wohl keine Aussicht auf einen Sieg und auf eine Verbesserung ihrer Lage. Soeben wurden Udo Kettele und Steff von kleinen struppigen Teufeln hereingeschleift und an einen der Spieltische gezwungen. Auch sie würden nun immerfort und erfolglos spielen müssen. Spielen, spielen und weiter spielen!

Der Saal wurde von Laternen beleuchtet, die ein grünes, bedrohliches Licht verbreiteten. Fledermäuse kreisten um die Köpfe der Spieler. Aus einer Gruft sang ein Männerchor eine monotone Melodie, die sich unentwegt wiederholte. In der Ferne grollte ein Donner. Wetterleuchten warf in kurzen Abständen einen milchigen Schein über den Himmel. Die Wolkenschatten zogen jetzt hektisch dahin.

Wäre Anton nicht davon überzeugt gewesen, dass er hier Befreiung finden würde, so hätte er die Flucht ergriffen. Ekel und Ängste schnürten Seile um seinen Körper. Noch nie hatte er so Schauriges erlebt.

Doch, einmal, etwas Ähnliches! Aber wo? Und unter welchen Umständen?

Anton fand keine Zeit, in diese Erinnerung zu tauchen. Der Teufel führte ihn zu einer mannshohen Pyramide aus Kugeln. Die Kugeln waren menschliche Schädel. In einigen schien noch Leben zu stecken, denn sie grinsten Anton entgegen.

Nun fiel ein Lichtschein auf die Kegel. Zwei von ihnen waren Figuren aus Fleisch und Blut; Katja und Leonard. Katja stand vorne, dahinter, in der Mitte der Neun, Leonard. Angstvoll und hilflos verharrten sie. Ihre Blicke verrieten ihre Gedanken: „Warum, Anton, drängst du mich beiseite? Wir sind doch ein unzertrennliches Paar!" und „Warum, Anton, hast du mich bestohlen? Wir sind doch Freunde!"

Der Teufel legte seinen Spieß beiseite, packte den ersten Schädel und rollte ihn auf die Kegel zu. Er traf alle Neun. Mit einem Schmerzensschrei fielen Katja und Leonard zu Boden. Sofort sprangen sie wieder auf, brachten sich in Position und erwarteten den nächsten Wurf.

Anton war dran. Voller Abscheu griff er in die leeren Augenhöhlen eines Schädels und schleuderte die Knochenkugel über die Bahn. Wieder wurden alle Neune getroffen. Katja und Leonard brüllten auf. Das Leid, das er den beiden zufügte, schmerzte in seiner Seele, als sei eine ätzende Flüssigkeit darüber ausgegossen worden.

Wieder kegelte der Teufel. Auch er schmetterte Katja und Leonard zu Boden. Antons Qualen steigerten sich. Er glaubte, das grausame Spiel nicht mehr ertragen zu können. Doch der Teufel forderte ihn unnachgiebig auf, eine weitere Kugel zu werfen.

Unterdessen näherte sich das Gewitter, Blitz und Donner folgten immer rascher aufeinander. Anton nahm die Kegelpartie bald nicht mehr vollständig wahr. Die Unerträglichkeit des Leides, das sie verursachte und das in seiner Seele widerhallte, führte ihn in eine Umnebelung. Vor seinen Augen verschwammen die Eindrücke, als würde er eine Fieberkrankheit durchleben. Einzig das Greifen nach dem nächsten Schädel erlebte er noch mit einem Rest von Bewusstsein, denn an diese Handbewegung knüpfte er die Aussicht, der Berg sei irgendwann abgetragen und die Tortur vorüber.

Endlich war es so weit: Die Schädel waren aufgebraucht. Die geschundenen, menschlichen Kegel richteten sich ein letztes Mal auf.

Katja und Leonard waren inzwischen übersät mit roten Flecken und blutigen Rissen. Dann verschwand die Kegelbahn in der Finsternis.

Anton verfolgte mit Erleichterung die Verwandlung des Raumes. Sein Bewusstsein kehrte zurück.

Der Teufel trat auf ihn zu und schüttelte ihm mit seiner glühenden Pranke die Hand. „Du hast den Betrug an deinem Freund gesühnt!", sagte er. „Und auch den Verrat an deiner Frau, den du begehen willst."

Ein seliges Lächeln legte sich über Antons Mund. Die Entlastung hob sein Herz.

Doch der Teufel fuhr fort: „Du hast eins übersehen!"

Anton blickte ungläubig auf den Höllenfürsten.

„Du bist mutig! Respekt! Du hast es geschafft, mir, dem Teufel, unerschrocken in die Augen zu sehen!"

„Ja", sagte Anton. Was sei daran falsch?, dachte er. Er war irritiert, weil der Teufel weiter ein ernstes Gesicht machte.

„Du kennst gewiss die Geschichte der grausamen Irmengard."

Anton nickte. Er wusste plötzlich, was der Teufel damit andeutete. Seit er die Sage kannte, hatte er den Zusammenhang erahnt. Aber er hatte ihn stets verdrängt.

„Und du kennst Conny Moritz, die Wirtin vom *Schottenstein*. – Jawohl! Irmengard lebt noch unter uns. Sie vernichtet weiterhin alle Männer, die um sie werben. Sie treibt sie zu waghalsigen Taten, bei denen sie zu Tode kommen. Und du weißt auch: Sie ist verflucht."

Anton fühlte, wie ein Beil durch sein Inneres schlug. Ja, Irmengard in Gestalt von Conny war verflucht! Die Mutter eines verunglückten Freiers hatte sie mit einem Fluch belegt. Niemand hatte für sie gebetet und ihre Seele erlöst. Es galt also nach wie vor: Wer sie küsst, wird sterben! Heute Nachmittag hatte Anton ihren Arm geküsst!

Anton sah erstarrt auf den Höllenfürsten. Sie waren sich einig: Auf ihn wartete der Tod!

Er hatte die Voraussetzung doppelt erfüllt: Er sollte seine Mutprobe nicht überleben, wie vor ihm Kettele und Steff. Und gleichzeitig griff der Fluch nach ihm.

Der Teufel wies auf die Halle inmitten der Ruinenland-schaft. Die Spieltische mit den ewig verlierenden Ver-dammten hatten sich aufgelöst und eine turmartige Hinrich-tungsstätte war sichtbar geworden. Das Gewitter stand nun unmittelbar über Burg Stockenfels. Blitze jagten durch die Wolken, der Donner krachte so heftig, als würde eine Lawine von Totenschädeln in die Halle stürzen. Doch kein Regen fiel. Das Burggefäß aus halbverfallenen Mauern gierte nach Wasser.

Anton hatte eine seltsame Demut erfasst. Er hatte Angst vor dem Tod, aber er war zugleich bereit, ihn anzunehmen. Er hatte schlicht verspielt. Wer sich mit dem Höllenfürsten einlässt, der kann gewinnen, aber auch grausam dafür be-zahlen müssen! Eine Chance ist gleichzeitig ein Risiko. Diese Wahrheit akzeptierte er.

Der Teufel zeigte Anton mit dem Dreizack den Weg. Der Delinquent musste über eine hölzerne Treppe hinauf zur obersten Plattform steigen. Der Teufel folgte. Oben er-wartete ihn ein Sitz, der den Folterstühlen glich. Anton nahm Platz, und der Teufel fesselte seine Hände an die Armlehnen.

Anton dachte an Doron. Was würde aus dem Wald-magier werden? Ohne ihn, seinen Meister. Auch Doron würde sterben. Irgendwann käme der Befehl, das Benutzer-konto zu löschen. Die Bytes, die Doron zeichneten, würden dann zerfallen, wie ein Leichnam in der Erde verrottet. Er dachte an Conny, die unergründlich faszinierende Conny, an der er gescheitert war, und er dachte an Katja und Leonard. Ihre gemeinsame Zeit war zu einem traurigen Ende ge-kommen. Er dachte auch an Utzberg. Seinem Aufstieg zum

Dekan stand nun nichts mehr im Wege. Er spürte, er hatte alles falsch gemacht.

Der Teufel stach mit seinem Dreizack in den Himmel. Es begann zu regnen. Es regnete heftig. Das Wasser rann über Antons Kopf, durchnässte seine Kleidung. Er schloss die Augen und wartete auf seinen Tod. Bald glaubte er, eine jenseitige Welt zu erkennen, offenbar die Hölle, aber das Bild verlor sich im Gedankenstrom. Anton wartete. In der Ferne schlug eine Kirchenuhr. Ein Uhr. Er wartete und wartete. Da der Tod nicht eintrat, öffnete er nach einiger Zeit die Augen. Er blickte in den nächtlichen Burghof. Der Regen spritzte auf dem steinigen Boden. Alles um ihn war still, nur das ruhige Plätschern des Regens war zu hören. Anton erinnerte sich, dass er hier auf Stockenfels saß, um für seine Vergehen an Katja und Leonard zu büßen. Nichts war geschehen. Oder doch? Er überlegte. Viel war geschehen. Nichts war geschehen. Hatte er geschlafen?

Er zog sein Smartphone hervor und sah auf die Uhr. Sie zeigte ein Uhr und zehn Minuten.

Auf seiner Seele lastete ein dunkles Gefühl. Ja, er spürte nach wie vor die Schuld, wegen der er hierher gekommen war. Tief enttäuscht musste er sich eingestehen, dass seine Tat zu nichts geführt hatte.

Er stieg aus der Vertiefung im Mauerwerk. Kopf, Jacke, Hose und Schuhe trieften vor Nässe. Anton verließ die Burg, versperrte sorgfältig das Holz- und das Gittertor. Dann machte er sich auf den Weg zur Pension. Er ging langsam. Es spielte keine Rolle, ob noch weiterer Regen auf seine Haare und Kleidung fiel. Sein äußerlicher Zustand war unerheblich.

Die Behauptung des Teufels, Conny sei in Wirklichkeit jene Irmengard, hielt er nun für Unsinn. Stockenfels war ein Fehler gewesen. Ein wahnhaftes Gedankenkonstrukt. Weder war er ein Werber, der auf Irmengards Todesliste stand, noch wirkte gegen ihn ein mittelalterlicher Fluch. Er durfte Conny lieben und begehren! Und es gab Anzeichen von Erwiderung. Die Geschichte lief gut. Also habe er keinen Tod zu erwarten. Eine Vorab-Sühne ist also unmöglich. Es blieb demnach nichts anderes übrig, als seine Liebe zu Katja zu verdrängen. So tief zu verdrängen, dass sie nicht mehr hinderlich war. Und die Schuld gegen über Leonard? Sie war das kleinere Problem. Sie konnte aufgelöst werden, indem er die Angelegenheit schlichtweg bereinigte. Er musste Leonard gegenübertreten, seine Schuld gestehen und seine Verfehlung wiedergutmachen, zwanzig Euro auf den Tisch legen. Das Gleiche würde ihm Dr. Hummel raten, dachte er. Dabei zog er seine Geldbörse und prüfte den Inhalt. Unter den Scheinen befanden sich zwei Zehn-Euro Noten. Er wollte diese Last so schnell wie möglich abwerfen.

# 14.

Das Wechseln der Kleidung hätte nur eine unerträgliche Verzögerung verursacht. Um die Sitzpolster seines Wagens gegen die Nässe zu schützen, riss er eine Plastikplane aus dem Kofferraum und breitete sie über den Stoff. Dann steuerte er aus dem Hof der Pension. Er rechnete: Etwa um halb drei würde er in Gauting im Südosten von München sein. Es regnete heftig, aber die Autobahn war leer. Also konnte er rasen, so, wie es die Situation verlangte.

Während die Kilometer an ihm vorbeischossen, als seien sie Fenster eines entgegenkommenden Zuges, beruhigte sich Anton. Die Verwicklung, in der er steckte, erschien ihm nun erheblich weniger bedrohlich. Es ging im Grunde lediglich um zwanzig Euro. Die Freundschaft zu Leonard war über Jahre hinweg gewachsen und inzwischen so gefestigt, dass er hoffen durfte, die Sache könnte sich völlig unspektakulär klären lassen. Würde er ihmgegenüber behaupten, die falsche Abrechnung sei ein bloßes Versehen gewesen, ergäbe sich keine Verbesserung, denn Anton musste sich ja zu seiner Schuld bekennen, um die Blockade an der Wurzel packen und ausreißen zu können. Doch mit einer Entschuldigung und Zahlung, welche die Wirkung einer Sühne und Wiedergutmachung entfalten würde, ließe sich Leonard gewiss milde stimmen.

Um vor Leonard so zivilisiert wie möglich zu erscheinen, drehte er das Gebläse auf die höchste Stufe. Die heiße

Luft fuhr wie ein Sturm in seine Kleidung und föhnte seine Haare. Als er in Leonards Wohnstraße bog, war er nahezu trocken. Aber die Müdigkeit, die Unruhe und die zerzauste Frisur machten aus ihm dennoch eine groteske Erscheinung.

Die Straße schlief. Das Mehrfamilienhaus, in dem Leonard mit seiner Frau und seinen Töchtern wohnte, wirkte im Regen wie ein dunkler, schimmernder Kasten.

Anton klingelte. Er klingelte nochmals. Ein Fenster im zweiten Stockwerk wurde hell, es öffnete sich, Leonard blickte herab.

„Ja?", rief er mit gedämpfter Stimme, um die Nachbarn nicht zu wecken.

„Ich bin's", antwortete Anton.

„Anton?" Leonard war verwirrt. „Ist was passiert? Ich dachte, du bist im Urlaub."

„Ich muss mit dir reden!"

„Jetzt?"

„Bitte!"

Leonard verschwand vom Fenster. Kurz darauf surrte der Türöffner, und Anton gelangte in das Treppenhaus.

Leonard war in einen Morgenmantel geschlüpft. Er bat Anton herein. Im hinteren Bereich der Wohnung lugte Maria, Leonards Frau, aus der Schlafzimmertür. Sie verfolgte das Geschehen.

„Was ist denn los mit dir?", fragte Leonard besorgt.

Anton stammelte: „Ich muss mich bei dir entschuldigen!"

„Wieso?" Leonard zuckte mit den Schultern. „Du hast doch nichts getan!"

Er lotste Anton in die Küche. Anton schob sich auf die Eckbank. Maria folgte und brachte dem unerwarteten Gast ein Glas Orangensaft. Anton hatte sie ebenfalls aus dem Schlaf gerissen, dafür entschuldigte er sich. Er kannte sie gut, und es war natürlich, dass sie wissen wollte, was Anton mit Leonard zu dieser Nachtzeit zu besprechen hatte. Anton erzählte also mit fahrigen Gesten, er habe nachträglich einen Fehler in der Abrechnung bemerkt. Das sei gewiss aber kein bloßer Irrtum gewesen, gestand er. Anton sprach schonungslos gegen sich selbst, der inneren Mauer wegen, und erklärte, offenbar habe sich Neid in sein Handeln gemischt. Neid auf seine Glückssträhne.

Maria fuhr sich müde und ratlos durch das Haar und blickte zu ihrem Mann, der mit verschränkten Armen an der Küchenzeile lehnte. Leonard schließlich zog einen Stuhl heran, setzte sich zu Anton und legte seine Hand auf dessen Schulter.

„Anton, bitte, jetzt bleib mal auf dem Teppich!", begann er mit ruhiger Stimme. „Du hast für mich den Bach-Klavierauszug besorgt, für neunzehn Euro. Wir haben ausgemacht, du behältst dir zwanzig Euro von meinem Anteil ein. Wir haben dreihundertzwanzig gekriegt, also jeder hundertsechzig. Von meinen hundertsechzig hast du zwanzig einbehalten, macht hundertvierzig. Dir gehören dann hundertachtzig, mir hundertvierzig. Also haben sich zwanzig Euro von meiner Seite auf deine Seite geschlagen. Für den Bach-Klavierauszug."

Anton schwieg. Nichts konnte er mehr begreifen. Die Antwort Leonards war einerseits befreiend, weil weder eine Schuld noch ein Grund für eine Entschuldigung bestand, doch andererseits öffnete sie eine Falltür, in die er nun zu stürzen drohte.

„Kann ich dir irgendwie helfen?", fragte Leonard.

Anton starrte auf einen Punkt in der Küche und schüttelte den Kopf. Er flüsterte: „Nein, nein, dann ist alles in Ordnung." Nach einer Weile stand er auf.

„Willst du hierbleiben?", bot Maria an. „Du kannst jederzeit im Wohnzimmer auf dem Sofa …"

Aber Anton schüttelte weiter den Kopf. So traurig und fassungslos, als habe er eben vom Tod eines geliebten Menschen erfahren, wankte er hinaus in den Flur. Leonard und Maria gingen ihm nach. An der Tür drehte er sich endlich um. „Entschuldigt. Tut mir leid!", stammelte er. Dann verließ er die Wohnung.

Ein Tag im November beginnt spät. Noch immer drang kein Licht durch die Ritzen des Rollladens.

Anton wälzte sich im Bett. Er wollte Conny nicht aus dem Bett holen und wenigstens die Frühstückszeit abwarten. Zudem wäre ungünstig, ihr so entkräftet gegenüberzutreten, dachte er. Doch trotz bleischwerer Müdigkeit konnte er nicht schlafen.

Wie gelähmt hatte er noch einmal gut zwei Stunden hinterm Steuer verbracht und dabei den rechten Fuß auf das Gaspedal gedrückt, als gelte es, mit der Schuhsohle eine Wasserfontäne zurückzuhalten. Er war vor Leonard nicht schuldig gewesen, trotzdem hatte er Schuld gespürt! Hatte er sich diesen Aspekt seiner inneren Mauer nur eingebildet?

Das Rätsel wanderte durch Antons Kopf. Er drehte sich zur Wand, drehte sich zum Fenster. Da das Nachsinnen zu nichts führte, lag er schließlich regungslos da. Doch eine weitere Aufgabe wartete auf ihn: Er musste Katja verdrängen, die Gefühle zu ihr so weit in den Hintergrund schieben, bis sie nicht mehr störten und jene unabweisbare Einladung an Conny entstehen konnte, auf die erhoffte.

Er versuchte, dies im Kopf zu bewerkstelligen. Ein schwieriges Unterfangen. Auch Dr. Hummel hätte ihm keinen Tipp geben können.

Seine Gedanken schweiften ab. Als ihn der Teufel zum Kegelspiel geführt hatte, jener selbstgeschaffene Teufel, war eine Erinnerung in ihm aufgeblitzt. Welche Erinnerung? Die Erinnerung an etwas Grauenhaftes und Furchterregendes. Er ließ die Gedanken laufen. „Wer hat Angst vorm *Schwarzen Mann*?", sprach es in seinem Kopf. Zusammen mit den Nachbarskindern, noch vor der Einschulung, hatte er sich die Nachmittagsstunden mit diesem Spiel vertrieben. Auf der Wiese hinterm Haus. „Wenn er aber kommt, dann laufen wir davon", hat es dann geheißen. Einer hatte den *Schwarzen Mann* gespielt und nach dem Aufsagen dieses Spruches Jagd auf die anderen gemacht.

Ein gewisser Jakob war oft der *Schwarze Mann* gewesen, ein sehr viel älterer Junge. Anton war losgelaufen und hatte Zuflucht im Abfalltonnenhäuschen gesucht. Jakob hatte ihn dabei beobachtet. Er machte sich einen Spaß daraus, Anton in dem stickigen, engen Raum einzuschließen, indem er einen Ast unter den Türgriff klemmte. Alle anderen haben über diesen Einfall gelacht und keiner hatte sich getraut, Anton gegen Jakobs Willen freizulassen. So musste er in fast völliger Finsternis, ausgegrenzt von der Gemeinschaft der Nachbarskinder, ausharren. Um ihn zu ärgern, schlug einer der Kinder, vermutlich Jakob, kräftig gegen die Tür. Anton erstarrte, denn er glaubte, nun würde der *Schwarze Mann* tatsächlich kommen und ihn holen. Vor nichts fürchtete er sich so sehr, als diesem mysteriösen Wesen in die Augen blicken zu müssen. Erst als er zum Abendessen ausblieb, hatte ihn die Mutter gesucht, gefunden und befreit.

Dieses Erlebnis hat Anton nie vergessen können. Was wäre gewesen, wenn der *Schwarze Mann* tatsächlich eingetreten wäre, wenn er den kleinen Jungen an der Hand gepackt und mitgezerrt hätte. Die schrecklichen Spekulationen hatten Anton nie losgelassen. „Wer hat Angst vorm *Schwarzen Mann*? Wenn er aber kommt …" Die Formel wieder holte sich in seinem Kopf. Unablässig.

Er schlief endlich ein.


Das *Schottenstein* hatte noch nicht geöffnet. Anton wollte, dass ihn Conny erst zu Gesicht bekam, wenn sie ihre morgendlichen Arbeiten erledigt hatte und bereit für Gäste war. Also wartete er angespannt vor der Tür. Seine Gedanken waren darauf gerichtet, Katjas Sphäre zu verdrängen.

Endlich schloss Conny die Wirtshaustüre auf. Sie war überrascht. „Kommst du heut schon zum Frühstück?", fragte sie.

Sie gingen in den Wirtsraum, doch Anton blieb stehen, er dachte nicht daran, an seinem Tisch Platz zu nehmen. Er stellte sich vor Conny auf, in der Absicht, seine Persönlichkeit auf Conny wirken zu lassen.

Doch bei Conny führte sein Benehmen lediglich zu Verwunderung. „Was ist denn los mit dir?"

„Spürst du nichts?"

„Was ist denn los mit dir?"

Anton wurde ungeduldig. Er ging einen Schritt auf sie zu. „Du musst doch was spüren?"

„Ich glaub, es ist besser, wenn ich dir erst mal einen Kaffee mach!", antwortete sie.

Draußen fuhr ein Wagen vor. Anton vermutete Utzberg. Utzberg kam immer zur Unzeit.

Conny wunderte sich. „Wer kommt jetzt da?"

Die Störung versetzte Anton in Panik. Er trat einen weiteren Schritt auf Conny zu. Diese wich zur Seite, ließ ihn stehen und ging vor das Haus.

Anton lief aufgeregt in der Wirtsstube auf und ab. Die Wirkung, die er erhofft hatte, war nicht eingetreten. Hatte er Katja nicht ausreichend verdrängen können? Er setzte sich an seinen Stammplatz und grübelte.

Die Tür öffnete sich, und Conny kam gemeinsam mit Katja herein.

„Ist das Ihr Mann?", fragte dabei Conny.

Katja eilte zu Anton.

„Anton, was ist denn los mit dir?", rief sie.

Anton wehrte sie ab. „Lass mich!"

„Leonard hat mich in aller Früh angerufen. Er hat gemeint, ich solle mich dringend um dich kümmern. Du bist mitten in der Nacht bei ihm gewesen und hast wirres Zeug geredet."

Anton stammelte: „Der Besuch war dringend notwendig!"

„Und deine Pensionswirte haben gemeint, dass du hier sein könntest."

„Lass mich, Katja, ich muss …"

„Du musst jetzt gar nichts. Du musst nur heimkommen mit mir!"

Conny hatte das Gespräch aufmerksam mitverfolgt. „Herr Wiesmeier, wenn Sie Ihren Aufenthalt abbrechen, dann müssten wir abrechnen."

Anton stutzte. Sie hatte ihn gesiezt und was wollte sie abrechnen? Katja wunderte sich.

Conny fuhr nach kurzer Überlegung fort: „Macht hundert Euro. Die Burgführung haben Sie schon gezahlt. Und dann noch drei Massagen, also drei Stunden. Dreißig Euro pro Stunde sind ausgemacht. Plus zehn Euro Spesen." Sie war währenddessen hinter die Schanktheke gegangen und hatte den Computerausdruck mit der Vereinbarung aus einer Schublade gezogen.

Anton rang nach Worten: „Aber Conny! Du hast doch gesagt …"

„Da steht's!" Sie legte die Vereinbarung auf einen Tisch und deutete auf den Satz: „Für die individuelle Betreuung erhält Frau Cornelia Moritz eine Entlohnung von dreißig Euro pro Stunde."

Katja wollte der Szene ein Ende machen. Sie holte ihre Börse hervor und warf Scheine auf den Tisch. „Da machen wir jetzt kein Drama draus", sagte sie kurz und zog Anton vom Stuhl. Sie führte ihn nach draußen zu ihrem Auto.

Anton nahm auf dem Beifahrersitz Platz und starrte auf das Wirtsgebäude. Gerade schloss Conny die Tür.

Als sie vom Grundstück fuhren, bemerkte Anton ein Fahrzeug mit geöffneter Haube. Ein Mann beugte sich über den Motor.

Frau Feicht hatte soeben die Rechnung geschrieben.

„Wir überweisen das umgehend", versprach Katja.

„Ist schon recht!", antwortete Frau Feicht. „Ich gebe Ihnen noch eine Wegzehrung mit. Marmorkuchen." Dabei ging sie zu einem Küchenschrank und begann, ein breites Stück aus einem Kuchenkranz zu schneiden und einzupacken.

Katja bedankte sich, während Anton stumm im Hintergrund stand.

„Schade, dass Sie abreisen, Herr Wiesmeier", sprach unterdessen Frau Feicht. „Ich werde den Eindruck nicht los, Sie sind mit unserer Gegend nicht zurechtgekommen."

„Was ist so Besonderes hier?", fragte Katja erstaunt.

„Na ja, die einen sagen, das ist die Abgeschiedenheit, die andern, das ist die Burg Stockenfels mit ihren Geistern, die einfach nicht zur Ruhe kommen."

Katja lachte: „Geisterspuk? Glauben Sie daran?"

Frau Feicht brachte das Kuchenpaket. „Einen Tag halt ich so was für Blödsinn und meine, dass man sich das alles selber ausspinnt, einen anderen Tag sehe ich aber auch, was er aus den Leuten macht. Da muss dann schon mehr am Werk gewesen sein, als der eigene Kopf." Sie sah dabei zu Anton.

„Nochmals danke für den Kuchen." Katja nahm den Kuchen. „Ich denke, wir fahren dann wohl besser." In ihren Worten lag Ironie. Sie verabschiedete sich und schob Anton aus der Tür.

Herr Feicht winkte mit einem Schraubschlüssel aus dem Schuppen.

Katja fuhr mit ihrem Toyota voraus, Anton folgte mit seinem Audi. Die rote Metallkugel bewegte sich auf der Staatsstraße so langsam Richtung Autobahn, dass Anton immer wieder abbremsen musste.

Sie waren noch nicht weit gekommen, da öffnete Anton das Autofenster. Er warf den Bund mit den Schlüsseln zur Burg Stockenfels aus dem Fenster.

Sie erreichten die Autobahn. Hier gab Katja Gas.

„Vielleicht hat der Teufel doch recht gehabt, und Conny ist in Wirklichkeit die Irmengard, die ihre Liebhaber alle an der Nase herumführt und in den Tod treibt", dachte Anton traurig, während er auf das Auto von Katja starrte. „Vielleicht wär ich aber doch der einzig Richtige für sie gewesen."

Er hörte, dass sein Smartphone klingelte. Hastig nahm er die Linke vom Steuer und zog es aus der Hosentasche. Er musste den Ruf nicht entgegennehmen, die Stimme war sofort zu hören.

Es war Conny.

„Anton, warum fährst du heim? Wegen deiner Frau?"

„Conny!", klagte Anton.

„Wir hätten es so schön haben können!"

„Conny!"

„Komm! Kehr um! Sei mutig und kehr um!"

Reflexartig riss Anton das Steuer nach links. Er schoss mit seinem Wagen auf die Mittelleitplanke zu. Gleichzeitig krachte ein überholender der Mercedes in die Fahrerseite. Anton hatte keine Chance, den Unfall zu überleben.

# Über den Autor

Rolf Stemmle ist gebürtiger Regensburger. Zunächst konzentrierte sich sein Interesse auf das Theater. Er leitete viele Jahre eine Theatergruppe und begann mit Verlagen und anderen Theatern zusammenzuarbeiten. Später kam das Interesse für andere Gattungen hinzu. So entstanden bisher neben dem Lyrikband "Der Mensch im Tier", Romane und eine ganze Reihe von Kurzgeschichten sowie Erzählungen nach Werken des Musiktheaters, insbesondere von Richard Wagner und Giuseppe Verdi. Zudem komponiert er Kammermusik. Ausführliche und aktuelle Informationen gibt es unter: www.rolf-stemmle.de.